あなたを狂わす甘い毒

登場人物紹介

ジョエル・ヴァルク
公爵位を持つモンテアナ王国騎士団長。
妻であるエマのことを憎んでいたはずだが、
なぜか嫉妬深い夫に変貌していて――

エマ
カレンガ侯爵家の令嬢。
目が覚めると五年前に
人生が巻き戻っていた。
不仲だったはずの夫、
ジョエルの執着に困惑中。

マリカ
ジョエルの部下の女騎士。
未来を予知できる『巫女』と
噂されている。
クローヴィス
隣国の第五王子。
気楽な性格でかなりの自信家。
エマと幼いころ兄妹のように
遊んでいた過去を持つ。
ユーレン
エマの兄の有能な腹心。
エマに執着心を抱いている。
マーサ
ヴァルク家の侍女。
エマとジョエルを
いつも気にかけている。

プロローグ

「痛っ……！」

不意に走った下腹部の痛みでハッと我に返った。

――ここは、どこ？

状況が分からず視線を彷徨《さまよ》わせると、私を冷ややかに見下ろす男と目が合った。途端にドクリと心臓が嫌な音を立てる。

信じられない。二度と会いたくない、会うはずもなかった忌々しい存在が何故ここに？

訝《いぶか》る心を必死に隠しながら、私は探るように男――ジョエル・ヴァルクを見つめた。

薄暗がりの中、燭台の明かりに照らされた銀髪は赤みを帯び、碧《あお》いはずの瞳も禍々《まがまが》しい程に赤く輝いている。鍛え上げられた裸身は戒《いまし》めるように私を組み敷き、更に視線を落とせば、私の下腹は彼の凶悪なものによって半ばほどまで刺し貫かれていた。

まさか――

鮮烈な既視感に、すうっと血の気がひく。

記憶が確かなら、これは五年前の出来事だ。

夢でも、みているの？　まさか過去に戻ったとでも？　ああ、分からない……何がどうなっているというの？

「う……んっ」

ただ一つ確かなのは、この下腹の痛みだけは現実のもの、ということ。身をよじって逃れようとするけれど、ジョエルは容赦がない。ろくに解《ほぐ》れてもいないそこに、なおもギチギチと自身を捩《ね》じ込もうとする。

ああ、この痛み……忘れられるものか。これはこの男との最初で最後となった夫婦の営みだ。あのころの私は処女だったというのに、優しさの欠片《かけら》もなくなされた行為は痛いだけで酷く辛かった。

――憎たらしい男。

本音を押し殺して、私はジョエルの広い背にそっと腕を回した。そしてゆっくりと息を吐いて力を抜く。すると痛みや恐怖で凝《こ》り固まっていたそこは、すんなりと彼を奥深くまで導いた。

まだこれが夢か現実か分からないけれど、これまで培《つちか》った知識や経験がこんなところで役に立った。

「ジョエ、ル……」

ホッとして、思わずジョエルに微笑んでしまった。するとジョエルは驚いたように目を見開く。

――あら、そんな顔もできるのね。

仏頂面以外のジョエルを初めて見た私は、ほんの少し興味をそそられた。

もし私が彼の恋人のように甘く振る舞ったら、この忌々しい男は一体どんな顔をするだろう。以前とは趣向を変えてみるのも一興かもしれない。だって、前のように入れて出して終わり、なんてお互いつまらないでしょう？

私はそんな期待を込めて笑みを深めた。

「あなたとやっと、一つになれて……嬉しいわ」

私の言葉にジョエルは露骨に眉間に皺《しわ》を寄せる。

「……戯言《たわごと》を」

「今まで素直になれなくてごめんなさい……本当はずっとあなたとこうなれる日を夢見ていたの。だから……本当に嬉しい……」

躊躇《ためら》いがちに見えるようそっとジョエルの頬に触れると、意外にも拒絶されることはなかった。

気を良くした私は、硬い表情で沈黙するジョエルに改めて微笑みかけて、そのまま縋《すが》るように首筋に腕を絡《から》める。そして熱い吐息と共に耳元で囁いた。

「ジョエル……あなたが好きよ」

私の中のジョエルが一段と質量を増す。まさかあのジョエルが私に反応している？　予想以上の成果に何だかおかしさが込み上げて、仄暗い優越感を覚えた。

どうせ彼とはこれが最初で最後のセックスだ、少しは楽しませてもらわなくては。

甘えるようにジョエルの頤《おとがい》にちゅっと口付ける。

「あなたの好きにし……っ！」

言い終わるのを待たずして、ジョエルは私の足を掴むとぐっと折り曲げ、更に奥を抉《えぐ》った。

「んっ……ジョ、エル？」

不意打ちの攻勢に息が詰まる。思いやりの欠片《かけら》もない行為に苛立つけれど、それを決して表には出さない。

「何を企んでいる」

ジョエルは乱暴に私の乳房を掴んで不快げに眼を眇《すが》めた。私は痛みで顔が歪みそうになるのを必死で堪《こら》える。私達のこれまでを思えば気持ちは分かるけれど、今はそんな不愉快な顔、見たくもない。

私はジョエルの首にしがみついて目を閉じた。そうしてゆっくりと首を横に振って他意のないことを強調する。

「何も……私の気持ちを伝えたかっただけ……」

ジョエルは舌打ちすると私の中に自身を叩きつけた。

なんて激しさだろう。腰を打ちつけられるたび響く鈍い痛みを紛《まぎ》らわせたくて、ジョエルの背にギリと爪を立てる。相変わらず憎たらしい男だ。処女を相手に慈悲も容赦もないなんて。

それでも次第に体は昂ぶり、悦ぶ感覚がジワジワと湧き上がってきて愕然とする。

信じられない……こんな乱暴で思いやりの欠片《かけら》もないセックスに私、感じているの？

記憶や経験の為せる業《わざ》なのか、この体は確かに苦痛だけではない快感を拾いはじめていた。

「あっ！　いヤっ……おか、しくなっ……！」

ジョエルの激しい抽挿《ちゅうそう》に全身をガクガクと揺さぶられると、背筋に震えるような疼《うず》きが走った。

嫌だ、ジョエルなんかに達《い》かされたくない！

私は咄嗟《とっさ》に自身の腕を強く噛んで、迫りくる何かに必死で耐える。

お願い、早く終わって――

そんな願いが通じたのか、ジョエルの雄は一段と膨れ上がると私の最奥で爆《は》ぜた。下腹からはビクビクとジョエルの脈動が伝わってくる。心底ホッとした。やっと終わった最初で最後のセックス。そう思うと気持ちに余裕が生まれ、心にもないことまで言えてしまう。

「とても素敵だったわ、ジョエル……」

背に腕を回してピッタリと体を合わせると、中のジョエルがグッと硬さを取り戻した。

早くこれを抜いて目の前から消えてくれないかしら。そう思っていたのに、ジョエルは一旦引きかけた自身を再び奥まで突き入れた。

「……ああっ！」

激しく前後に揺さぶられるたび、混じり合った体液がぐちゅりと卑猥《ひわい》な水音を響かせる。私はそれを信じられない思いで聞いていた。

前回は一度きりで終わったはずなのに、一体どういうこと？

戸惑う私など意に介さず、ジョエルはその後私の中で三度も果てた。

翌日は全身の痛みで目が覚めた。部屋を見回すと既にジョエルは居ないようでホッとする。窓辺に差し込む日差しの様子から今は正午前ほどだろうか。随分ぐっすりと寝てしまったようだ。

そこで昨晩の激しすぎる初夜を思い出して心がささくれ立つ。下腹にはまだ強烈な違和感があるし、腕一本持ち上げるのも億劫《おっくう》だ。

ああ、腹が立つ。ジョエルへの恨みが沸々と湧き上がるけれど、まあいいわ。あんなことは最初で最後だ。今後ジョエルとは社交場以外で顔を合わせることもないはず。そんなことを考えながら私はふうっと深いため息をつく。

目が覚めてもヴァルク家の屋敷にいるということは、やはりジョエルとの一夜は夢ではなかったらしい。信じ難いことだけれど、私の時は五年前に巻き戻ってしまったようだ。

何故、どうして。

考えても分からない、思い出せない。これから私は一体どうすべきなのだろう。

理解し難い現状と先行きとに不安を感じながら、私は気怠い微睡《まどろみ》に身を委《ゆだ》ねた。


食事や入浴のため、時折起きては眠りを繰り返していたら、いつの間にか夜になっていたようだ。

「……ん」

眼を開けると、薄暗がりの中私を見下ろすジョエルの姿が見えた。

「ジョ、エル？」

ジョエルの表情は逆光でよく分からない。

でも、今度こそこれはきっと夢だ。だって彼が私のもとへ訪れるのは初夜だけのはず。今は何だかフワフワと気分が良いから、嫌いなあなたでも特別に優しく甘やかしてあげるわ。

「お帰りなさい」

私は微笑みながらジョエルに向かって手を伸ばして、少し無精髭の生えた彼の頬を優しく撫でる。けれどジョエルは無言のまま私のネグリジェに手をかけると、一気に引き裂いた。

全く夢でも無粋《ぶすい》な男だ。

密かに気分を害する私などお構いなしに、ジョエルは顕《あらわ》になった乳房にかぶりつく。

「あっ……痛っ！」

歯形が付いているんじゃないかしら。更にじゅっとキツく吸い上げられて痛みが増す。

その痛みではっと我に返った。

痛い？　これは夢じゃないの？

頭を殴られたような衝撃に呆然とする。そんなまさか……どうしてジョエルがここに？　しかも彼はいつの間にか服を脱ぎベッドに体を乗り上げていて、腿《もも》に押し付けられる雄は既に臨戦態勢だ。

さあっと蒼褪《あおざ》める。まさかこの男、今日も私を抱く気？　一日だけと思うからこそ耐えられたのに、嘘でしょう？

「……あっ！」

私の困惑など知る由もないジョエルは、ぐにゃりと私の乳房を掴んで荒々しく揉みしだいた。その痛みすら伴う乱暴な前戯に涙が滲《にじ》む。そしてもう一方の手は下肢を割り開いて敏感な芽を摘《つ》まんだ。指先でスリスリと擦られ続けると軽く達《い》ってしまう。なんて屈辱……こんなおざなりな愛撫で容易《たやす》く達《い》かされるだなんて。

息を弾ませ、潤《うる》んだ瞳で見上げれば、ジョエルは馬鹿にしたように笑っていた。

「俺も本意ではないがお前には子を産ませねばならない。孕《はら》むまで我慢しろ」

その言葉に愕然とする。

な、んですって――!?

かつてジョエルに抱かれたのはただ一度きりだったはず。孕《はら》むまで？　嘘でしょう？　あんなに嫌っていた私を孕《はら》むまで抱けるというの？

ただ時が戻っただけだと思っていたけれど、今のジョエルは微妙に記憶とは異なり様子がおかしい。得体の知れない恐怖に呑まれそうになりながら、懸命に自身を叱咤する。だめだ、こんな時こそ冷静にならなければ。以前の私はジョエルを否定し続けた結果、落ちるところまで落ちたのだ。

同じ過ちを繰り返してなるものか。今度こそ上手く立ち回ってみせる。

「嬉しいわジョエル……あなたの子が産めるだなんて」

束の間の沈黙をごまかすように、私はジョエルの胸にしなだれかかり顔を埋めた。今彼がどんな顔をしているかなんて知りたくもない。

するとジョエルは私の腰を掴み、自身を一息に奥まで突き入れた。まだ少しヒリヒリするけれど、幸い痛みはない。こんな身勝手で乱暴な愛撫で濡れるだなんて私の体も大概だ。本音を押し隠しながら、私はジョエルの顔を下から覗き込む。

「ジョエル、お願いゆっくり、して？　できるだけ長くあなたと繋がっていたいの……」

耳元で囁くと、私の中のジョエルが応えるようにビクリと震えた。どうせ抱かれるのなら少しでも苦痛は取り除きたい。

けれど、私の目論見《もくろみ》は失敗に終わった。結局この日も怒りをぶつけるような激しさで抱かれた。

何故なの？　以前は私を避けるよう、ろくに屋敷にも寄り付かなかったくせに。

こんな乱暴にするほど私が嫌いなら触れなければいい。それでもなお子が必要というなら最低限で済ますべきだ。なのにジョエルは果ててもすぐには離れてくれない。硬度を保ったまま、抜かずに何度も何度も中に吐き出すのだ。

孕《はら》ませるため――本当に、それだけのために？

それ以外の理由で、私を嫌っていたジョエルが私を抱くはずがないとは思いつつ、何か違和感もある。でもそれが何なのかが良く分からない。当たり前のように隣で寝入るジョエルの背を眺めながら、私の心は重く暗く沈んでいった。

★

私――エマ・ドゥ・カレンガは隣国のラン王家に連なる侯爵家の娘で、元はジョエルの兄、エリック・ヴァルクの婚約者だった。十も年の離れたエリックとの間に恋のような感情はなかったけれど、優しく聡明な彼を私は兄のように慕っていた。

「小さな貴婦人」

私が精いっぱい背伸びをするたび、エリックは揶揄《からか》うようにそう呼んだ。無理をして大人になる必要はない、エマはそのままで良いのだと優しく諭《さと》してくれたエリック。私たちは政略上の婚約者とは思えないほど仲睦まじい間柄だったように思う。

けれど彼は先の戦争で死んでしまった。その時私はまだ十歳。幼いなりに嘆き悲しみ、感情の折り合いをつけられないまま、ヴァルク家の次の嫡子《ちゃくし》となったジョエルと私は当たり前のように婚約させられた。

ジョエルの実母は元娼婦だった。その類稀《たぐいまれ》な美貌に惚れ込んだジョエルの父が身請けして愛妾にしたのだ。

私は、そんな母親の身分の低いジョエルとの婚約が嫌で堪らなかった。今にして思えばあまりに狭量で愚かだったけれど。

「汚らわしい」

以前の私はジョエルとジョエルの母を心底そう思っていた。こんな血の卑《いや》しい男に嫁がねばならない我が身を不幸と本気で嘆いていた。

けれど私がどう思おうと、ジョエル自身の資質は優れていた。

彼は、ヴァルク公爵家を継いですぐにこの国、モンテアナ王国を守る騎士団に入団すると、数年であっという間に団長位まで上り詰めた。実力主義とされる騎士団でのその地位は真実、能力を認められた証といえる。

彼の働きぶりは国王陛下の覚えもめでたく、ジョエルはその実力と母親譲りの華やかな容貌によって社交界を大いに賑わせていた。

でも、どれだけジョエルの名声が高まろうと、汚らわしい娼婦の血を引いている——その一点がどこまでも私を頑《かたく》なにさせた。彼を見るたび嫌悪と怒りが湧きあがり、私はそれをそのまま彼にぶつけた。本当に愚かだった。

ジョエルは元々気遣いのできる優しい青年だったように思う。はじめは私に歩み寄ろうと心を砕いてくれていた。でも私はその全てが卑屈なご機嫌とりのように思えて嫌で堪らなかった。

そうしていつしかジョエルは諦めた。彼の心と瞳を凍らせたのは私だ。

そんな私に触れるのも厭《いと》わしかっただろうに、彼は妻を抱く義務を一度きりでも果たした。

初夜を終えると彼は屋敷へ戻ることもなく、やがて別の女性との愛にのめり込んだと聞いた。

私は私で人妻という名の自由を得て、気ままに火遊びを楽しんでいた。人並みに貞操観念は持っていたはずなのに、きっかけは何だったのだろう。今となってはもう思い出せない。

特定の愛人はいなかったけれど、気に入れば刹那《せつな》の情事を楽しむ、いつの間にかそんな女になっていた。

でも、そんな爛《ただ》れた日々も二年程で呆気なく幕を下ろす。父と兄が程なくして逆賊の罪で処刑されたのだ。爵位を継いだばかりの兄は誰かに唆《そそのか》されでもしたのか、他家に嫁いだ私に多額の借金を残していた。

借金を返すには家屋敷を手放しても足りず、残りはジョエルが肩代わりをしてくれた。私との離縁を条件に。

そして離縁が成立した後、行くあてのない私をジョエルは有無を言わさず娼館送りにした。

「淫売《いんばい》なお前には相応《ふさわ》しいだろ。好きなだけ咥《くわ》え込め」

最後に見たジョエルは、美しい顔を忌々しげに歪めて笑っていた。

当時打ちのめされ、抜け殻のようになっていた私は、その時彼になんと返したのか覚えていない。

でもその時のジョエルの顔だけは、いつまでも脳裏に焼き付いて離れなかった――


そうして私は、あんなに蔑《さげす》んでいたジョエルの母と等しい身にまで落ちた。

それから三年。

何があっても負けたくない、死んでもジョエルを喜ばせてなるものか――

その一心でジョエルへの借金返済を目標に私は娼館で必死に働いた。全てを失い、プライドも何もかもへし折られた私は、ここまで落ちてようやく生まれ変わったのだ。

どんな客であってもどんな要望であっても嫌な顔一つせず笑顔で応えた。爛《ただ》れた日々で培《つちか》った性技や駆け引きがこんなところで役に立った。元貴族令嬢という肩書きも、高貴な女を汚せるという男達の嗜虐心《しぎゃくしん》を大いに煽《あお》ったようで、日々訪れる客は途絶えず、気付けば私はあっという間に娼館の看板を背負うほどの娼婦になっていた。

振り返るな、我が身を嘆くな。

苦しいときほど何度も己に言い聞かせた。身も心も擦り切れようとも絶対に負けるものか。

客の中にはこんな私を身請けしたいという物好きもいたけれど、私は頑として首を縦に振らなかった。誰の手も借りない。この身一つで稼がなければ意味がない。この手で必ずジョエルに借金を返し切る——それが私なりの意地でありプライドだった。

そう思っていたのに——

どうして時は巻き戻って、今再びジョエルと夫婦をやり直しているのだろう。

隣で眠るジョエルの背を見つめながら、私は記憶にあるこれから起こるはずの未来に思いを馳《は》せる。

これは過去の過ちを正すまたとない好機なのかもしれない。以前の私は、実家の没落を前に為す術《すべ》もなく、ただ流され落ちてゆくだけだった。けれど今の私になら実家を、兄を救えるかもしれない。

たとえこの身は無力でも、ジョエルには力がある。以前は忌み嫌って遠ざけるばかりだったけれど、味方に付ければこれ程心強い存在はないのではないか。幸い今のジョエルは私が嫌いでも、私の体までは嫌いではないらしい。

ならば彼を客だと思えば良い。そう思えば、いつでもどんな要望にも笑顔で応えられる。その見返りとして活路が開くのならこれ以上のことはない。それにジョエルはいずれあの女性と愛し合うのだ。私はその時までジョエルの力添えを得て、破滅さえ回避できたらいい。あとは円満に離縁して、今度こそ平穏で安らかな生を歩みたい。再び父と兄を喪《うしな》うなど……罪人一族と蔑《さげす》まれる人生など真っ平御免なのだから。

今後の生きる指針が決まり、自然と笑みが零れる。

ジョエル、今からあなたは私のお客様よ。別れの日まで精一杯おもてなしさせて頂くわ——

ゆっくりと身を起こし、私に背を向けて眠るジョエルの横顔を見下ろした。本当に、憎らしいほど美しい男だ。なだらかな頬に口付けて、ひんやりとした耳朶を食《は》む。

「愛してるわ、ジョエル……」

ジョエルの背にピッタリと身を寄せて抱きついた。何も身につけていない素肌同士のぬくもりが妙に心地良い。あのジョエルが相手だというのに――

苦い笑みを浮かべながら、私はそっと目を閉じた。

第一章　破滅回避への道

何かがおかしい。

ジョエルを利用して破滅から抜け出そうと決めてから一週間、ジョエルは毎日のように私を抱く。客と見做《みな》して常に笑顔で応じるけれど、彼が満足するまで延々と抱かれるので、疲労やら節々の痛みやらで私はずっとベッドの住人だ。

かつてのプロとしての矜持《きょうじ》が許さないけれど、今日こそは言おう。体が辛いので休ませて欲しいと。

このままでは兄を救うどころか、実家へ戻ることすらままならない。

どんな手を使ってでも今日こそは休ませてもらう。そう固く心に誓った……のだけれど――

「奥様、本日旦那様は王宮での夜間警護のためお戻りになりません」

「そう……分かったわ、ありがとう」

部屋を訪れ恭《うやうや》しく礼をして去っていく家令のクルスを、私はホッとしたような、肩透かしを喰らったような、なんとも言えない心地で見送った。

いずれにしても今夜この身は自由のようだ。やっと本当の休息が取れる。飛び上がりたいほど嬉しかった。今日一日ゆっくり休んで、明日起き上がれたら久々に街へ買い物にでも行こうかしら。そう思うと心が弾む。

早々に入浴や食事を済ませ私は再びベッドに横になった。目を閉じると脳裏に浮かぶのは憎たらしいジョエルの顔。

全くあの男……愛してもいない女を足腰立たなくなる程毎日抱き潰すなんて正気の沙汰じゃない。

本当に子ができていたらどうしようか。まさか堕《お》ろせとは言われないだろうけれど、ジョエルは私の産んだ子など愛せるのかしら？　でも子ができるまで抱くとはじめに宣言されている。一体どうしたものか――

悶々《もんもん》と考え事をしている内に、いつしか深い眠りに誘われ、この日は久々に朝までぐっすりと寝入ることができた。

翌朝、どうにか起き上がれるほどに回復したものの、外出するには少し辛いように感じた。そこで侍女の案内でゆっくりと庭園を散策することにする。

広々とした庭園へ足を踏み入れた途端、ふわっと頬を撫でる風に、深く埋もれた記憶がぐらりと揺り起こされた。

遠い昔、幼い私……まだエリックが生きていたころ、ヴァルク邸のどこかを誰かに案内してもらった……ような気がする。確か私は『とっておきの場所』へ案内してと強請《ねだ》ったのだ。そうして誘われたのはどこであったか……

そもそも案内してくれたのが誰であったかも思い出せず頭をひねっていると、一歩先を歩く侍女のマーサがこちらを振り向いた。

「奥様、この先にある薔薇園が今は見頃ですよ」

マーサがにこやかに前方を指差す。

「まあ、楽しみだわ」

私はこの身一つで嫁いできたので、侍女は全て婚家であるヴァルク家の方で手配されていた。私の専属にと付けられたマーサは、鮮やかな赤毛の、性格も目鼻立ちもハッキリとした美人だ。

前回の私は使用人の顔や名前など全く覚えていなかった。前回の人生では――破滅した記憶にある生を、私は仮に前世と呼ぶことにした――私は使用人の顔や名前など全く覚えていなかったので、前世でもマーサが私の側に居たのかどうか、残念ながら記憶が定かでない。

とはいえまだ出会って日が浅いながら、有能でよく気の利く彼女を私はとても気に入っていた。

マーサに導かれ白壁のアーチを潜った先には、一面真っ白な薔薇が咲き誇っていた。思わずため息が零れる。柔らかな日差しを浴びて、無垢《むく》な白は眩《まばゆ》いほどに輝いて見えた。

「綺麗……」

「お気に召しましたか？」

無防備に見とれていたところへ突然声を掛けられハッとする。振り返ると、見覚えのある青年がこちらを見て人懐っこく微笑んでいた。

「ええ、とても……とても美しいわ。ここはあなたが？」

「はい、庭師のロンと申します。以後お見知り置きを、奥様」

本当は彼のことも良く知っている。以前の私は彼との情事も時折楽しんだのだから。でも今の私達は初対面だ。柔らかいロンの雰囲気につい気が緩みそうになるけれど、気を付けなければ。

「お気に召されたなら、薔薇をお持ちになりますか？」

「よろしいの？」

「ええ、勿論です。奥様のようなお美しい方に愛《め》でられるなら、花も本望でしょう」

「まあ、ありがとう。遠慮なくお言葉に甘えようかしら」

「はい、よろこんで！　少々お待ちくださいね」

ロンは嬉しそうに笑うと、軽快にパチパチと薔薇の茎に鋏《はさみ》を入れ、丁寧に棘《とげ》を取り除く。そしてあっという間にひと抱えの花束を私に手渡した。

「ありがとうロン。とても綺麗……嬉しいわ」

「喜んで頂けて良かったです。御入り用の際は、いつでもお申し付けくださいね」

「ええ、そうさせてもらうわ」

微笑むと、ロンはほんのりと頬を赤らめた。私に向けられる眼差しにああ、とかつてを思い出す。

彼は良くこんな目で私を見ていた。そこにあるのは、ただひたむきで純粋な好意。多くの男たちと関わってきたけれど、こんな目で私を見る男は後にも先にも彼一人きりだったように思う。私はそんな彼の初《うぶ》な恋心を弄《もてあそ》んだ。本当に地獄に落とされようと仕方のない女だった。

もうあなたの純情を利用するような愚かな真似はしないわ。かつてバカな私との情事にのめり込んで本気で愛してしまったロン。今度こそ別の誰かと幸せになるのよ――

私は胸に燻《くすぶ》るほろ苦い感情と共に薔薇園を後にした。

「何を……している」

屋敷へ戻ると、玄関ホールの前で丁度帰宅したらしいジョエルと偶然鉢合わせた。ああ、なんて運の悪い……地にのめり込みそうな気分を押し隠して、できる限り嬉しそうに微笑む。

「まあジョエル、お帰りなさい！　お疲れでしょう？　どうぞゆっくりお休みになって」

ジョエルは何も言わず私が抱える薔薇を見ていた。その視線を不思議に思いながらも私はジョエルの方へと歩み寄った。

「こちらの薔薇園は本当に素晴らしいわね。散策していたら庭師のロンが摘《つ》んでくれたのよ。いけなかったかしら？」

首を傾げると、ジョエルは無言のまま私の腕を掴んでスタスタと歩き出した。何か気分を害したのだろうか？　訳が分からず救いを求めて振り返ると、マーサが困ったようにこちらを見つめていた。残念ながら助力は期待できないようだ。

「ジョエル？」

この男に歩幅を合わせるなんて優しさがあるはずもなく、話しかけてもこちらを見ようとすらしない。

一体私が何をしたというの？　本当に腹の立つ男だ。

引きずられるようにジョエルの私室に連れ込まれる頃には、私は情けなくも息を切らしていた。

「あっ！」

不意にベッドの前で立ち止まったジョエルにぶつかり、足がもつれる。倒れそうになったところをジョエルの逞《たくま》しい腕が抱き留めた。

「あり……がとう」

咄嗟《とっさ》に表情が繕《つくろ》えず、それでも何とか弱々しい笑みを浮かべる。ジョエルは何も言わず私が落としかけた薔薇の花束を取り上げて無造作に袖机に置くと、私をベッドへと引き倒した。

まさか、嘘でしょう？　今からするというの？

ジョエルの手が私の胸元に伸びる。

「ま、待って！　自分で脱ぐわ」

これ以上服を破り捨てられてはかなわない。いくら私のことが嫌いだからといってもジョエルはあまりに乱暴すぎる。私は観念してドレスと下着を全て脱いだ。ジョエルは邪魔だとでも言いたげに、それをベッドの下に放る。

「ジョエル……」

この時ジョエルを見上げた私の顔は、無様なほど心もとないものだったと思う。演技ではなく、何やら気が立っているらしい彼からどんな扱いを受けるのか真実不安だったのだ。

ジョエルは騎士服とシャツとを無造作に脱ぎ捨てると、上から覆いかぶさってきた。

——お会いできて嬉しいわ、旦那様。

それでも娼館時代の自分に必死で気持ちを切り替える。そしてジョエルの背に腕を回して労《いたわ》るように抱きしめた。

「会いたかったわジョエル……一晩会えないだけで凄く……寂しかった」

震える睫毛《まつげ》からホロリと涙が溢《あふ》れる。涙は女の武器、このぐらい自在に扱えなければ娼館の看板など背負えない。

強請《ねだ》るように開いた唇にジョエルが唇を重ねる。躊躇《ためら》いがちに啄《ついば》むそれは、次第に吐息すら奪い尽くす激しいものに変わった。

苦しい。けれどジョエルは容赦がない。剣ダコのあるゴツゴツとした掌で乳房を揉みしだき、先の尖《とが》りをぎゅっと摘《つ》まんで擦り合わせる。感じたくなんてないのに触れられる度に息が弾み、更に息苦しさが増す。

ジョエルは既に濡れそぼった秘所に触れて具合を確かめると、自身を押しあてぐっと腰を入れた。

過去の経験からいっても、ジョエルのものはかなり大きい。痛みを逃がす方法は知っているけれど、入り込んでくる圧迫感に一瞬体が強張ってしまう。

すると何を思ったのかジョエルが動きを止め、私の方を見た。

「痛いか」

嘘でしょう。あのジョエルが私を気遣うですって？

あまりの衝撃に演技など忘れてポカンとジョエルを見上げてしまった。するとジョエルが不快げに眉を顰《ひそ》めたので、慌てて笑みを取り繕《つくろ》う。

「いいえ、大丈夫よ。心配してくれるの？　嬉しいわジョエル」

ちゅっと触れるだけの口付けをすると、すぐに深いもので返された。そしてジョエルはそのまま腰を引いて、ズンと奥へ深く穿《うが》つ。その衝撃にカハッと息が詰まった。ジョエルは好き勝手に抱くけれど、私は奥が弱い。そこを突かれるたびにゾクゾクと官能の頂《いただき》を感じてしまう。

でも、抱かれるたびに気を遣《や》るなどプロの名折れだ。ジョエルの背に爪を立て、自身の腕を噛み、彼が吐精するまで何とか気を逸らして耐える。こんな気持ちの伴わない行為で、本気で達《い》って堪るものか。

「あぁ……ジョエル……んぁっ！」

私の膣内《なか》でジョエルが爆《は》ぜる。ああ、悔しいけれど気持ちが良い。ろくな前戯もなくこんなに感じるだなんて……前世での経験のせい？　それともまさか体の相性が良いとでも？

そう思うと同時に自嘲の念が込み上げる。どれだけ相性が良かろうと、この男はいずれ他の女性のもとへ行く。私はそれまでの仮初《かりそめ》の妻。わきまえねば。でも――

「好きよ……」

下腹からビクリと直に感じる素直な反応にそそられて、私はジョエルを煽《あお》ることをやめられない。この時ばかりは忌々しいジョエルを支配している気分が味わえる。

「ジョエル……」

胸に頭を抱き込んで優しく撫でてやれば、大概の男性は喜んだものだ。ジョエルもどうやら例外ではないらしい。私の背に回された腕にぎゅっと力がこもる。

そうされると、ジョエルが相手だというのになんだか愛おしくさえ思えてくるから不思議なものだ。

「このまま眠ってもいいのよ。嫌じゃなければ私もここにいるから」

ゆっくり髪を撫で梳《す》いている内に、徐々にジョエルの腕は力をなくし、重みを増してゆく。

この私に抱かれてジョエルが眠る？　嘘でしょう？

困惑する私をよそに、ジョエルから深い寝息が聞こえてきた。余程疲れていたのだろうか、自身を私の中に挿れたまま、ジョエルは本当に眠ってしまった。

眠れと言ったのは私だけれど、実際寝られてしまうと途方に暮れる。記憶の中のジョエルとの差異が私を大いに戸惑わせるのだ。

私達は不仲だった。顔を見るのはおろか、触れることなど不快でしかないだろうに、何故ジョエルは私を抱くのだろう。本当に何を考えているのかさっぱり分からない男だ。

私の乳房に顔を押し付けたまま寝入るジョエルを見つめていたら、私にも柔らかな微睡《まどろみ》が訪れた。

そうしてうとうとしながらふと思う。あの女性はいつ現れるのだろう。記憶を辿《たど》っても、気付いたら彼の側にいたのだから私もよくは知らないのだ。

いつでも覚悟はできているから、早くジョエルを連れ去って――


それから更に一週間、やはりジョエルは毎日のように私を抱く。

冷ややかで素っ気ない態度は相変わらずなのに、閨《ねや》事情だけがあまりに以前と違い過ぎる。表には決して出さないものの、私の混乱は深まるばかりだった。

今日も帰宅したジョエルは私の部屋を訪れるなり、性急にベッドへ押し倒す。彼の熱い体温を感じながら、私はうやむやにされてしまう前に、と慌てて本題を切り出した。

「ジョエル、二日程実家に帰ることを許してくださる？」

ジョエルは私の胸を気に入っているようで、舐めたり吸ったり先をしゃぶったりと飽きもせずに弄《もてあそ》ぶ。

「もう実家が恋しいのか？」

「ん……違うわ、あん……少し……はぁ……兄が心配で」

言葉と同時に乳首に歯をあてられて、刺激に思わず仰《の》け反《ぞ》る。機嫌を損ねた？　でも嫌いな私が束の間視界から消えるのに、一体何の不都合があるというの？

潤《うる》んだ瞳で見つめると、ジョエルは物憂げにため息をついた。

「……一日だ。それ以上は許さない」

「え、ええ十分よジョエル、ありがとう」

たったの一日だけ？　てっきり好きなだけ帰れとでも言われると思っていたのに、予想外の反応に面食らう。そもそも前世でジョエルは、初夜の後ずっとこの屋敷自体に居なかったのだ。妻というものにどんな価値観を持っているかなど知りようがない。実は束縛の強い男だったのだろうか。どんなに嫌いな妻でも？

ぐるぐると取り留めのないことを考えていると、いつの間にか体をうつ伏せにされ、後ろから無慈悲に貫かれた。

「……っ！」

息が詰まって声にならない。奥深く、私が最も弱い部分をジョエルは容赦なく抉《えぐ》る。いつもとは違うところが擦られて、ゾワゾワと悪寒のような震えが止まらない。

「んうっ！　はげっ……し……！」

どうしてそんなに不機嫌なの？

苛立ちをぶつけるような抽挿《ちゅうそう》に混乱が深まる。ふるふるとたわむ乳房を後ろから掴まれ、先を抓《つね》られ、痛みにも似た快感に涙が滲む。

「あっ……！」

達《い》けとばかりの攻勢に必死で抗うよう、枕を噛んでシーツを握りしめた。意地でもジョエルになんか達《い》かされたくない――

ガツガツと激しく奥を穿《うが》ちながらジョエルは最奥で果てた。そしてそのまま後ろから私を抱きしめるとベッドに倒れ込む。

「ジョエル……」

胸の前に回された指に指を絡《から》め、親密さを演出する。

「好きよ、愛してるわ……」

この時背後にいたジョエルがどんな顔をしていたのか、私は知らない——


その翌日、ジョエルの気が変わらない内にと私は実家であるカレンガ家へ里帰りした。

「エマ！　ちょっと見ない間にまた綺麗になったんじゃないか」

「お兄様！」

馬車を降りると、到着を待っていてくれたらしい兄——セドリックがすっと手を差し出してきた。

会いたくて会いたくて堪らなかったお兄様——

色んな思いに胸が詰まって、兄の胸に飛び込むように抱きつく。

「エマ？」

ここで会うのは二週間ぶりのはずだけれど、私には一度兄を喪《うしな》った記憶がある。

ああ、温かい。お兄様が生きている。

「会いたかった……お兄様……」

「ええ!?　泣いているのエマ!?　どうした、ジョエルに酷くされているのか？」

酷く……ある意味そうかもしれないけれど、この涙は純粋に兄に向けられたもの。本当にどれだけ会いたかったことか——

兄は指で私の涙を拭いながら優しく微笑んだ。

いつだって私に甘くて優しいお兄様。今度こそ絶対に守るわ——

私は宥めるように頭を撫でてくれる兄の手を取り、ぎゅっと握った。

「お兄様、最近不審なことなどありませんか？　おかしな人間と付き合ったりとか」

「ん？　藪《やぶ》から棒にどうしたんだ？　心当たりはないけど」

「そう……ですか」

悔しいことに私はこの家を破滅に追い込む敵の正体を知らない。兄が反乱のため武器を大量に収集し、王家の逆臣として処刑される結末を知ってはいるものの、過程を知らないのだ。時が巻き戻ろうとも、こんなにも無知で無力な自分が憎らしい。

「そうだお兄様、帳簿を見せて頂いても？」

「お前、帳簿の見方なんて分かるのか？」

驚いた顔の兄に私は曖昧に微笑んだ。

令嬢としてのエマには当然そんな能力はない。けれど娼婦としてのエマにはその知識と経験がある。娼館時代、私は事務方の仕事も任されていたのだ。今思えばマダムは将来私を後継者にしたかったのだと思う。

「まだ勉強中なんですけど、興味がありまして」

「そうか、小さかったお前ももう公爵家の女主人になったんだもんな。いいよ、おいで」

幸い人の良い兄は都合よく解釈してくれたようで、快く執務部屋に通してくれた。

パラパラと兄から手渡された帳簿をめくり、請求書やら手形やらを突き合わせながら渋面をつくる。特に不審な点は見当たらない。あくまでも表向きは。でも将来起こることを考えても、必ずこれには裏があるはずなのだ。

裏帳簿。

もしそんなものがあるとしたら——私ならどこに隠す？　考えながらざっと部屋を見回す。するとここでは見慣れないものが目に留まった。背の高い観葉植物だ。

「いつからこの部屋に観葉植物を？」

「ん、あれか？　いつからだろうな。ユーレンに勧められて置いてみたんだ。飽きがこないようにと定期的に業者が交換にも来てくれるんだぞ。なんでも植物には癒しの効果がどうとか——」

根拠はないけれど兄の言葉に引っ掛かりを感じて、私は観葉植物を躊躇《ためら》うことなく横倒しにした。

「え、エマ!?」

手が汚れるのも厭《いと》わず植物を引き抜き、土を掻き出す。何もない。次いで空の鉢植えをひっくり返すと、ピッタリと中の溝に張り付くように革製のノートが嵌《は》められていた。取り出して中を検《あらた》めようとしたけれど、ご丁寧に錠が掛けられていて開くことすらできない。

「え？　何でこんなところにノートが？」

心底困惑顔の兄に確信する。やはり兄は何も知らない。観葉植物を置くよう勧めたというユーレンは兄の側近だ。確か彼は元々叔父の屋敷の使用人で——

「お兄様、これ少し預からせてください」

「構わないけど……それは何だい？」

「まだ分かりません。ねえお兄様、このことは絶対に誰にも言わないで。エマとお兄様だけの秘密……約束してくださる？」

上目遣いに首を傾げると、兄はふにゃりと表情を緩めた。

「仕方ない、他ならぬエマのお願いだ。僕が逆らえるはずないだろ？　絶対に二人の秘密だ」

「ありがとうお兄様！　大好きよ！」

「僕も愛してるよエマ」

兄に抱き締められながらノートを握りしめ、さて、これからどうするべきかと私は密かに考えを巡らせた。


その夜の父と兄との晩餐は、とても幸せで、同じくらい苦いひと時だった。

記憶の中の二人は既に故人だ。父も兄も逆臣として処刑されている。

実はあの記憶が現実で、今この瞬間が夢なのではないか。

二人が生きている幸せを噛み締めるたび、拭い去れないその思いが私の心を苦しめた。笑いながら何度も涙がこみ上げてきて、食事などろくに喉を通らなかった。心配する父と兄には「胸がいっぱいで……」と誤魔化したけれど、私から二人を奪い去る理不尽な運命に沸々と怒りが込み上げていた。

この家も、二人も守ってみせる。どんなことをしても必ず――

「エマ様！」

食堂から部屋へ戻る途中、ユーレンに呼び止められた。外出用なのか小ざっぱりとした軽装で、急いでここまで来たらしく息が上がり、いつもは綺麗に撫でつけられている薄茶色の髪も珍しく乱れていた。

「まあ、ユーレン……」

正直今見たい顔ではなかった。ノートの内容が不明な上、彼が敵なのか味方なのかすら分からないのだ。以前のようにユーレンに無邪気に笑いかけられる自信がなかった。

「お疲れですか？　お顔の色が優れませんが……何かお持ちいたしましょうか？」

「いえ、結構よ」

「ですが……」

なおも引き下がらないユーレンに、ぶわりと負の感情が膨れ上がる。

お前は親切そうなふりをして私を騙しているのではないの!?

思わずそうぶつけそうになって固く口を噤《つぐ》んだ。ダメだ、まだ何も明確になっていないのだ、今は余計に言動を慎まなくては。冷静に慎重に、かつ迅速に狡猾に――

気を鎮めるようふうっと深く息を吐くと、荒れ狂う本心を押し殺して私は唇に笑みを刻んだ。

「ありがとう、心配してくれているのね。その気持ちだけで十分よ。久しぶりにお父様とお兄様に甘えられて、少し感傷的になっていただけなの」

「ヴァルク家で……辛い目にでも遭われているのですか？」

ユーレンはほんの一瞬忌々しげに顔を歪める。

結婚前、私はジョエルを嫌っていることを誰彼かまわず話していた。本当にジョエルとの結婚が嫌で嫌で堪らなかったのだ。中でも特にユーレンは私の愚痴《ぐち》に熱心に耳を傾けてくれていたように思う。

ここはそうだと言って同情を買うべきだろうか、それとも幸せだと言って彼を煽《あお》るべき？

一瞬の逡巡《しゅんじゅん》ののち私は敢《あ》えて何も言わず、どうとでも受け取れるよう曖昧に微笑んだ。好きなように受け取ればいい。けれどあなたが敵なら絶対に許さないわ――

「エマ、様……救いを求めてくだされば、私がどんなことをしてでも……」

「ありがとうユーレン。あなたのような有能な人が味方でいてくれるなんて……心強いわ」

本当に味方なら、ね。

「私は、エマ様が……」

ユーレンは言葉を殺すように唇を噛み締めた。仮に彼が何か秘密を抱えていたとしても、きっと私に対する思いに嘘はないのだろう。前世での彼の言動からもそれは疑いようがなかった。

とはいえユーレンの事情など私の知ったことではないけれど。

「疲れたから部屋で休むわ。おやすみなさい、ユーレン」

ユーレンは無言のまま手本のように美しく一礼した。それを何の感慨もなく見遣ると、私は足早に自室へ戻った。そうして先ほど見つけたノートを手にパタリとベッドに倒れ込む。

本当に疲れた。このノートを見つけてから、私の頭はユーレンのことでいっぱいだった。端整な面立ち、スマートな身のこなしで侍女たちからの人気も高いユーレン。以前の私は当然のように彼と関係していた。

普段氷のように冷たく冷静なあの男が、ベッドで熱く乱れる様は中々そそられたものだ。私が娼館へ落ちた後も彼は客として足繁く私のもとを訪れ、身請けを何度も懇願した。

私が居たのは高級娼館だ。ユーレンは当時逆賊《兄》の側近として職を失っていたはず。なのにそんな彼がどのように私のもとを訪れ、身請けまで考えられるほどの資金をどうやって手に入れたのか、と流石《さすが》に不審に思ってはいた。もっとちゃんと問い質していれば良かった。あの頃は自分のことで手いっぱいで、周りに気を配る余裕などなかったことが悔やまれる。

自惚《うぬぼ》れではなく、ユーレンは昔から私に気がある。いっそのこと色仕掛けで落とそうか。そう思った時、ふとジョエルの不機嫌な顔が頭に浮かんだ。何故か分からないけれど、以前のような火遊びは許されない、そんな気がする。

でももうあまり時間は残されていない。このままでは父と兄は翌年処刑されてしまう。

今こそジョエルを頼ってみようか？　彼は自力で騎士団長まで上り詰めた有能な男だ。父と兄の命が助かるなら私はどうなろうと——それこそ再び娼館に身を落とそうとも構わないのだ。

正直ジョエルとの関係はいまだ良好とは言えないけれど、今の彼ならあるいは話くらい聞いてくれるかもしれない。

ノートを握りしめて、私は一か八かの賭けに出ることにした。

翌日は早々に帰るつもりだったのに、父や兄が中々離してくれず、結局夕刻過ぎの帰宅となってしまった。玄関ホールでは家令のクルスとマーサが出迎えてくれた。

「お帰りなさいませ奥様」

「クルス、マーサ、出迎えありがとう。ジョエルはもう？」

「はい、執務室の方にいらっしゃいます」

「そう、挨拶に伺うわ」

クルスに先導され辿《たど》り着いたジョエルの執務室。細かい細工の施された黒塗りの扉は、荘厳というより他を圧する威を感じさせた。一瞬その空気に呑まれそうになって身震いする。そういえば私がここを訪れるのは初めてのことだ。

「旦那様、奥様が戻られました」

「入れ」

開け放たれた広い執務室は整然としていて、少し寂しいくらいに無駄がない。ただ図書室かと思うほどの蔵書量に圧倒される。

パタンと閉じられた扉の音でハッと我に返った。

「遅くなり申し訳ありません。ただ今戻りました」

淑女の礼をしても、ジョエルは書類に目を落としたままむっつりと黙り込んでいた。その不機嫌な様子に、相談は明日以降の方がいいだろうかと逡巡《しゅんじゅん》する。

「お仕事の邪魔をしてしまってごめんなさいジョエル。私は部屋に――」

そう言って立ち去ろうとすると、突然ジョエルは立ち上がり、ズカズカと目の前まできて私の顎を捕えた。

深海を思わせる紺碧の瞳が真っ直ぐに私を見下ろす。憎らしい程にどこもかしこも美しい造形を持つ男。私は速やかに仕事用のスイッチを入れ、瞳を潤《うる》ませながら誘うように小さく唇を開いた。

「ジョエル……」

ジョエルはじっと私の目を見つめたまま、ゆっくりと口付ける。

唇と唇をピッタリと合わせ、ジョエルの熱い舌が歯列をなぞり、戸惑う私の舌を吸い、絡《から》め扱《しご》く。

「つは……」

何、この恋人のようなキスは？

キスだけで体に火が灯る。下腹がズクリと疼いて、私は思わずジョエルにしがみついた。

私があのジョエルにその気にさせられるだなんて……信じられない。

「待ってジョエル……先に湯あみをしたいわ。今はこのくらいで、許して？」

そう言ってなんとかかわそうとしたけれど、ジョエルは余裕なさげに私の上半身を執務机にうつ伏せ、ドレスを捲《まく》り上げる。

そんなまさか!?

私が呆気にとられている間に、ジョエルは私の下着の中に指を差し入れた。

「……っ！　まっ……ジョ、える」

いつにも増して獣のようなジョエルと、キスだけでこんなにも濡らされている自身とに驚く。しかも私の中は待ち兼ねたように彼の指を締めつけた。

「つく……」

何かを堪《こら》えるようなジョエルの呻きは、低く掠《かす》れてひどく扇情的だった。それだけで腰が砕けそうで、手に触れた書類を咄嗟《とっさ》に握りしめる。

私はきっと生まれながらの淫乱なんだわ。あのジョエルにすら欲情するだなんて。

ひっそりと浮かぶのは自嘲の笑み。けれど愚かな感傷に浸るなど時間の無駄。今の私はジョエル専用の娼婦。どんな要望にだって笑顔で応えてみせるわ――

結局、隣接する簡易休憩室へ連れ込まれ、私はジョエルの気が済むまで散々に抱かれた。

情事後の気だるい体に鞭打って、私は床に散らばるドレスを拾う。そして簡単に身繕いすると眠るジョエルを見下ろした。

前世のジョエルとはまるで別人……今生《こんじょう》のジョエルは飢えた獣のようだ。

かつて私と関係した男達は言ったものだ。あなたの体が忘れられない、と。まさかジョエルも私の体に溺れている？　あながち的外れではないように思われた。情愛などではなく、性欲だけだというのなら納得できる。あのジョエルが私を愛するなどあり得ないのだから。

いいわ、飽きるまでいくらでも貪《むさぼ》るといい。それでこの先少しでも良好な関係が築けるのなら本望よ。いずれにしてもこの関係も、ジョエルがあの女性を愛するまでのこと。

「ジョエル」

微笑しながらジョエルの薄い唇に口付ける。眠りが深いようで、ジョエルはピクリとも動かなかった。私の前でこんな無防備な姿を晒《さら》すだなんて、少しは信用されているのかしら？　そう思ってすぐに打ち消す。そんなはずはない、単に疲れていただけだろう。

「おやすみなさい」

月の光を映したようなジョエルの銀髪をひと撫でずると、私は執務室を後にした。

自室に戻って入浴を済ませ、ベッドに潜り込んだところまでは覚えている。どうやらそのまま深い眠りに落ちてしまったらしい。

翌朝スッキリと目覚めた私は、手早く身支度を済ませてクルスを呼びつけた。昨日はジョエルと話すことができなかったから、今日こそは協力してもらえるよう話をつけなければ。

「おはようございます奥様。お呼びでございますか」

「おはようクルス。忙しいところごめんなさいね。今日ジョエルとの時間を作ることは可能かしら？」

ええと、と言いながらクルスは手帳をめくる。

「本日、旦那様は非番ですが今は所用で出掛けられていまして……お昼頃には戻られるかと。戻り次第奥様にお知らせいたします」

「ええ、ありがとう。お願いね」

本当は昨日話したかったけれど、とてもそんな余裕はなかった。果たしてジョエルは大嫌いな妻の力になってくれるかしら。

私はソワソワと落ち着かない心を持て余しながら、じっとジョエルの帰りを待った。


予定の昼を過ぎてもジョエルは戻らなかった。待ち疲れていつの間にか自室のソファでノートを抱えたままウトウトしてしまったらしい。不意に肩を掴まれた感覚で目が覚めた。

「あ……」

「こんな所で寝るな」

不機嫌そうに眉を顰《ひそ》めるジョエルに思わず抱きつく。

「あなたを待っていたの。お帰りなさいジョエル！」

まさか私の部屋にまで来てくれるとは思わなかった。演技ではなく、今はただ素直に嬉しい。

ジョエルは拒絶することもなく、どこか戸惑いがちに私を抱き締め返した。堅い胸板に甘えるよう頬を擦り付けると、ジョエルの腕に力がこもる。

「来てくれて嬉しいわ」

「……俺に話があるんだろう」

どうやら話を聞いてくれるようだ。私は眉尻を下げながらジョエルを見上げた。

「実は……兄の執務室から不審なノートが見つかって……」

「ノート？」

私は頷くと、膝に抱えていたノートをジョエルに差し出した。ジョエルは受け取るとそれを様々な角度から眺める。

「鍵はないのか？」

「ええ……持ち主に思い当たる人物は居るけれど、できればその者に知られずに中を見たいの」

ジョエルはじっとノートに嵌《は》められた錠を見つめる。

「そんなに複雑なものではない。二、三日もあれば鍵は作れるだろう」

「本当？」

「ああ、それまでこれは預かるがいいか？」

「ええ……ええ勿論よ！　先に中を検《あらた》めてくださって構わないわ！　ああジョエル、ありがとう！」

私は涙を浮かべながらジョエルに再び抱きついた。兄が助かるかもしれない。一度喪《うしな》ったあの痛みを思えばこの身などどうなっても構わない。

不意にソファに押し倒され、首筋にジョエルの唇が押し当てられる。吐き出された熱い吐息に、発情した雄の気配を感じて私はすっと目を閉じた。

そう、この身などどうなっても構わない――

★

それから三日後、ジョエルは約束通りノートと共に鍵を私に手渡した。

「ジョエル、感謝するわ！　心から」

私は感極まって思わずジョエルに抱きついてしまったけれど、当のジョエルは何やら難しい顔をしている。怪訝《けげん》な顔をすると、ジョエルは早く中を見るよう促してきた。私は頷き慎重に鍵を差し入れ、錠を外す。そしてノートを開いた瞬間言葉を失った。

「裏帳簿だな」

「こん、な……」

目に飛び込んでくる数字の大きさに目眩《めまい》を覚える。とても一貴族などが賄《まかな》える額ではない。そして取引先にはドグラ商会の名があった。金さえ払えば死神にだって魂を売る、そんな噂を前世で耳にした名だった。取引されている品目は武器に止《とど》まらず、違法薬物や傭兵の雇用にまで及んでいた。

「これだけ見れば既に小国一国分の兵力に匹敵する。不穏な意図しか感じられないな」

「そんな……兄はこの帳簿の存在を知りませんでした！　何者かが兄を陥《おとしい》れようとしているに違いありません！　争いを嫌う優しい兄がこんな恐ろしい企みなど……決して……決して！」

あとからあとから涙が溢《あふ》れる。私と違って人を疑うことのない素直な性質《たち》の兄は、裏でこんなことになっているなど知る由もないだろう。やはり前世の兄は無実の罪で処刑されてしまったのだ。

激しい憤《いきどお》りに全身が戦慄《わなな》く。ジョエルはそんな私を思いのほか優しく抱き締めた。

「このノートの持ち主は？」

「……兄の側近のユーレンだと思います」

几帳面に記されたこの文字は間違いなくユーレンのものだった。

「セドリックの人柄は俺もよく知っている。調べてみよう」

私はジョエルを見上げた。まさか本当に力を貸してくれるだなんて。前世の彼なら絶対に考えられないことだ。

「ありがとうジョエル……この恩は一生忘れないわ」

真実心からの言葉だった。この時ジョエルの表情が僅かに和《やわ》らいだ気がしたのは、私の願望が見せた幻だったかもしれない——

翌日目覚めた時、妙に頭がすっきりとして気分が良かった。ジョエルの力添えを得られたことが想像以上に嬉しかったらしい。なんとなく庭園の薔薇が見たくなった私は、マーサを伴って薔薇園を訪れていた。

「奥様！　言付けてくだされぱいつでもお持ちしますのに」

「ありがとうロン。どうか気にしないで、私ここが好きなの」

ヴァルク家の庭園は本当に素晴らしい。昔、異国から嫁がれたヴァルク公爵夫人が、故郷を偲《しの》んで丹精されたと聞いたけれど、美しいシンメトリーで構成された庭園はこの国では珍しく、見飽きることがない。中でもとりわけ薔薇園を気に入った私は、暇を見ては散歩がてら訪れていた。そのため今生のロンとも大分気安い仲だ。

「ここの庭園はどこを見ても美しく手入れされているわ。余程庭師の腕がいいのね」

片目を瞑《つむ》るとロンは真っ赤になって俯く。

「いえ、自分はそんな……好きなことしてるだけですから」

「あなた本当に草花が好きなのね」

「はい！　天職だと思ってます！　草花は手をかけただけ応えてくれますから、本当に世話のしがいがあるんですよ。奥様も良かったら鉢植えからでもどうですか？」

「私にできるかしら？」

「大丈夫です。手がかからず簡単なものもあります」

「そう、ならやってみようかしら」

「ええ！　是非！　奥様にピッタリなものを準備してお届けします」

「ありがとうロン。楽しみにしているわね」

ロンの喜色満面な笑みに心が和《なご》む。この屈託のなさに癒されたくて、以前の私は彼に身を委ねていたのかもしれない。ふとそんなことを思った。

数刻後、ロンは約束通り私の部屋まで苗の植えられた鉢植えを届けてくれた。土が乾燥したらたっぷり水を注ぐだけでいいのだという。それなら私にもできそうだ。

良く日の当たる窓際に鉢植えを置き、まだひょろりと頼りない苗を見つめながら、この花が咲く頃、私は何をしているのだろうかと感慨にふける。

このままいけば当初の目的である実家の破滅は回避できるだろう。けれど、私とジョエルは？

何かが変わっていくのか、それとも何も変わらないままなのか――

第二章　取り戻した記憶

「我がラン王国からのモンテアナ王国視察には、余の名代として第五王子クローヴィスを指名する」

　突然何の前ふりもなく、命令という形で隣国行きとなった俺。正直気分は最悪だ。

　第五王子という肩書は気楽なもので、これまで大して注目されることもなく、余り褒められたことじゃないが自由気ままに生きてこられた。権力の中枢からも遠いし、誰からも期待されないってのはある意味身軽なもんだといがみあう兄貴たちを見て思っていた。

　それが一体何の企みか陰謀か……幼い頃に数か月滞在したことがあるってだけで父の名代として隣国のモンテアナ王国へ来ることになってしまった。ああ、なんて面倒くさい。自由気ままな俺は、堅苦しい公式の場が正直苦手だし大嫌いだ。まあ嫌いだからといって全て避けられるものでもないんだけどな。内心うんざりしながら、着いて早々連れてこられたモンテアナ王宮の豪華な大広間を見渡した。

「おいクローヴィス。お前のための歓迎パーティーなんだから、もう少し楽しそうなふりくらいしろ」

「ああ、なんだフランクか」

すると貴族たちに囲まれ談笑していたフランクが、苦笑しながらこちらにやってきた。

友人でもあり、モンテアナの王太子でもあるフランクは、女関係が最高にだらしないことを除けば悪いヤツではない。

「モンテアナは美人も多いんだぞ。気に入った娘がいたら取り持ってやってもいい」

「お前の世話になるほど不自由してねえよ」

不貞腐《ふてくさ》れたようにグイッとワインをあおる俺をフランクは鼻で笑った。

「ガキだな。公《おおやけ》の場でくらい感情はコントロールしろ。いつか足を掬《すく》われるぞ」

「お前は女に足を掬われそうだけどな」

俺の投げかけた痛烈な皮肉を華麗に無視して、フランクはクイッと顎をしゃくった。

「なあ見てみろよ。美しいよな、エマ嬢……いや、今はヴァルク公爵夫人か。婚約時代は夫との仲が最悪だったらしいが……」

エマ、という名には聞き覚えがあった。かつてモンテアナに滞在した折、世話になったカレンガ侯爵の屋敷にエマという娘がいた。俺にとっては遠縁にあたる存在でもある。

興味をそそられフランクの目線を辿《たど》ると、ハッと目の覚めるような美女が令嬢たちに囲まれ談笑していた。あの美女が、本当にエマなのか？　だが――

「公爵夫人？」

俺は眉を顰《ひそ》める。知らなかった、いつの間にエマは結婚していたのか。愛らしい身振りを交えながら談笑に興じるエマをボンヤリと眺める。

エマ・ドゥ・カレンガ——今はヴァルク公爵夫人か。

蜜色の髪に光の加減で不思議な色合いを見せる神秘的なヘーゼルアイ。そしてなにより女神のような眩《まばゆ》い美貌が人目を惹く。

だが俺の記憶の中のエマは、ドレス姿で日がな一日泥だらけになってはしゃぐ少年のような令嬢だった。

あのエマが、ねぇ。

こんな絶世の美女になるとは世の中分からないものだ。まあ、彼女は俺のことなど覚えてもいないだろうが。

「お前親戚だろ、挨拶に行くか？」

「バカなこと考えるなよフランク」

「挨拶くらい良いだろ」

ただの挨拶ならな。フランクは俺ですら閉口するほど女関係に節操がない。立場上許されている部分もあるのだろうが、それにしたってこいつの女好きは病気レベルだ。世界のすべての女は俺のもの、なんて本気で言い出しかねない、それ程女のことになると頭のネジが飛んでいる。いや、そこを除けば本当悪い奴じゃないんだけどな、たぶん……

俺が止める間もなくフランクはエマに近づいて行く。ったく！

「ヴァルク公爵夫人、ようやく姿を現してくれたね」

「まあ、王太子殿下。こちらから出向かねばならないところを……申し訳ありません」

なれなれしいフランクにエマは困ったように微笑む。

「顔が見られただけでも嬉しいよ、エマ」

恐らく勝手に名前を呼んだのだろう、エマは更に困惑しているように見えた。

「フランク、そこまでにしろ」

「固いことを言うなクローヴィス。全く無粋な奴め」

見かねて近づくと、エマは弾かれたように俺に目を向けた。

「そ、んな……まさか……」

戦慄《わなな》く愛らしい唇に自然と視線が吸い寄せられる。

「ロヴィ……お兄様？」

「ああ、覚えていてくれたのか！　そうだ、君のもう一人の兄クローヴィスだ」

彼女と共に過ごしたのは幼いころのほんの数か月だ。まさかそんな俺のことを本当に覚えていてくれたとは夢にも思わなかった。予想外に嬉しくて破顔すると、エマの瞳から大粒の涙が零れた。

「エマ？」

「お兄様……ロヴィお兄様！　生きておられたなんて！」

は？　俺がいつ死んだことに？

心底怪訝《けげん》な顔をする俺に、エマは更にボロボロと涙を零す。

「ロヴィお兄様は遠い所へ行かれた、もう二度と会えないのだと父には聞かされていて……だから、その……」

ああ、なるほどと合点がいく。母が弟を出産する際、俺は遠縁にあたるカレンガ侯爵家に数か月預けられた。両親はかなりの子沢山で、乱暴者でヤンチャな俺が特に邪魔だったのだろう。わざわざ隣国に預けるなんてな。

エマはすぐに俺に懐いて、もう一人の兄のように慕ってくれた。癇癪《かんしゃく》持ちで我儘《わがまま》放題なエマだったけど、俺にだけは従順で素直な様が本当に堪らなく可愛かった。

だから別れが酷く辛かったのを覚えている。きっともうこんな風に親しくすることは叶わないだろう。幼いながら俺にも分かっていた。だがまさかエマを納得させるためとはいえ、死んだことになっていたとは……

「良かったお兄様……ずっとお会いしたかったんです」

泣きながら笑うエマが遠い記憶のエマと重なって、何だか胸の奥がくすぐったい。何気なく胸を貸そうかとエマの背に腕を回した瞬間、後ろから肩を掴まれた。

「妻が何か粗相《そそう》でも？　クローヴィス殿下」

振り向くと、殺してやる、とでも言いたげな鋭い眼差しに射貫かれ、冷や汗が背を伝う。仮にも隣国の王族に、こんなとんでもない殺気を隠そうともしないとは。彼がヴァルク公か、敵に回せば厄介そうな男だ。

俺は両手を上げて他意がないことをアピールする。

「いや、粗相《そそう》をしたのは俺の方、かな？　奥方を泣かせてしまい申し訳ない」

「ジョエル、クローヴィス様は幼い頃に遊んで頂いたもう一人の兄のような方なの。私あまりに懐かしくて……クローヴィス様は何も悪くないのよ」

エマはヴァルク公に駆け寄ると、胸にしがみついて彼を見上げた。恐ろしい程絵になる二人だ。濡れた瞳で公爵を見つめるエマは、全力で彼に頼り切っていて、儚《はかな》くも蠱惑的《こわくてき》に見えた。

何だ仲良いんじゃないか。二人が婚約者時代、犬猿の仲だったことはフランクから聞いた。だが噂なんてあてにならないものだな。仲よさげな二人を見るに、結婚してみたら案外上手くいったってことなのか？　俺は何だか面白くない気分になる。夫婦仲が良いのは喜ばしいことなんだけどな。

エマの涙を公爵が指先で拭う。エマは嬉しそうに笑った。花が綻《ほころ》ぶようにとても可憐に――

何だ、これ？　グシャリと髪をかきあげる俺を、フランクはニヤニヤと嫌な笑いを浮かべながら見ていた。

「ヴァルク公爵は国で一、二を争う剣豪だ。本気で奪うつもりなら覚悟しろよ」

「は？　奪う？　俺がエマを？　寝言は寝て言え馬鹿馬鹿しい」

仲睦まじげに寄り添う公爵夫妻を尻目に、俺は胸に突如芽生えた不快な澱《おり》に心底困惑していた。

★

ロヴィお兄様が生きていらした！

今日の主賓が誰かなど聞かされもせずジョエルに連れてこられた夜会だったから、余計に驚きも喜びもひとしおだった。

以前はこうして偶然にもお会いする機会はなく、ずっとこの世にはいない方だと思っていた。

会場の隅で談笑するロヴィお兄様を見つめる。

何故なのだろう、巻き戻った今の生は前世とあまりにも違い過ぎる。まるで欠けた何かを埋め合わせるかのように、以前の誤りを正すかのように。

ロヴィお兄様とは幼い頃、たった数か月だったけれど、実の兄以上に濃密な時間を過ごした。強くて物知りで、乱暴だけど優しくて。今思えば初恋だったのかもしれない。たとえ亡くなったと言い聞かされていたとしても私はロヴィお兄様が――

そんな私の視線を遮るようにジョエルが私の前に立つ。私ははっと我に返って殊勝げに俯いた。

「取り乱してごめんなさいジョエル……でもお父様も酷いわ、ロヴィお兄様は亡くなったと言い聞かされていたのよ」

「お前の我儘《わがまま》があまりに度を越えていたからだろう」

冷ややかに言い捨てるジョエルをマジマジと見つめる。

そして眉を顰《ひそ》めるジョエルににっこり微笑んだ。

「私のことを良く分かっていてくれて嬉しいわジョエル。でもあなたのことは決して困らせたくなんてないのよ」

ジョエルの手を取ってそっと握る。

「あなたにこれ以上嫌われたくないもの」

つとめて寂しげな微笑を浮かべると、ジョエルはチラリと私を一瞥したきり背を向けてしまった。

私は構わず後ろから腕を組む。

「それにね、私は決してあなたの邪魔をするつもりはないのよ」

本心だった。いずれジョエルがあの女性を選んだら、私はジョエルのもとを去るつもりだ。互いにいがみ合ってきた私達だったけれど、そもそも私が元凶なのだ。最初にジョエルを否定し拒絶したのは私なのだから。

「私はあなたが好きだもの」

私を見下ろすジョエルの瞳が鋭く光った。

「いい加減本性を現したらどうだ？　お前の腐った性根は心得ている。何を企んでいる」

「あなたより素敵な男性なんて居ないもの。確かに私の性根は醜《みにく》いけれど、少しでもあなたに近付きたい気持ちに偽りはないのよ」

ジョエルはくだらない、と鼻で笑うとシガレットルームの方へ足を向けた。

流石《さすが》に紳士の社交場にまでついて行くわけにもいかず、ボンヤリとその背を見送る。すると蜜に吸い寄せられる蝶のように、華やかな令嬢達がジョエルを取り囲んだ。

ジョエルは美しい。一夜の情けを本気で乞い願う令嬢も少なくはない。けれどジョエルは私と違って一途な男だ。花を渡り歩くような遊び方はしなかった。

ジョエルのような男に本気で愛されたなら――それは本来どれだけ幸せなことなのだろう。けれどその相手は私ではない。

私にできる最善は可能な限り良好に、円満にジョエルと別れること。そのためにもジョエルとの関係修復は絶対事項だ。以前とは比べ物にならないほど触れ合ってはいても、まだ関係が良好とは言い切れない。

けれど、私は一人の男とこんなに密に関係するのは初めてで、既に何がしかの情が芽生えかけていた。たとえ乱暴で思いやりがなかろうと、以前のようにジョエルを忌み嫌う気持ちが不思議と湧いてはこなかった。

この思いの先にある感情など知りたくない。早く現れてと願う。ジョエルが愛する、運命の女性――

★

夜会から数日が経ち、私はジョエルの執務室へと呼び出された。部屋へ入るなりジョエルから書類の束を手渡される。

「これは……」

ユーレンに関する報告書だった。私はジョエルが居ることも忘れて夢中で書類を捲《めく》る。

報告書によると、ユーレンは私の叔父であるウラニ子爵の隠し子で認知はされていない。幼い頃、実母の死と同時にユーレンはウラニ子爵に引き取られ、諜報員として徹底的に訓練された。隙のない身のこなしはその時身についたもののようだ。やがて歳の近いセドリックお兄様の遊び相手としてカレンガ家に送り込まれ、ユーレンをすっかり気に入った兄はそのまま彼を側近にした。

ユーレンはウラニ子爵の意に従い行動しているといって間違いなさそうだ。そしてユーレン自身はウラニ子爵が実父であることを知らないらしい。

読み進めるうち、沸々と疑問が湧いてくる。諜報のプロとして育て上げられたユーレン本人すら知らない秘密事項まで、こんなに短期間に調べ上げられるものなのだろうか。ジョエルの情報網が飛びぬけているにしても、あまりに情報の幅が広すぎる。例えばこれだ。

『ユーレンはエマ・ドゥ・ヴァルクに特別な感情を抱いている』

更にこれまで関係を持った女性達の名や場所、回数に至るまでつらつらと……本当に良くもまあこんなデリケートな部分まで丸裸にできるものだ。まさかずっと以前から見張っていたとか？　私はほんの少しだけユーレンに同情しつつ、ジョエルの底知れなさに薄ら寒いものを感じた。敵に回せばとんでもなく恐ろしい男だ。

私は書類から目を離せないままジョエルに問う。

「ユーレンだけでなく、叔父様もお兄様を？」

「セドリックが消えて利を得るのはウラニ子爵だ。ほぼ間違いないだろう」

この国では女性に爵位継承は認められていない。私の父と兄が亡くなれば、カレンガ侯爵の継承権は父の弟であるウラニ子爵へゆく。そのためにユーレンは叔父の手先として私達に近づいたのだろうか――

以前の私は陥《おとしい》れられ裏切られていることすら知らないまま、この体をユーレンの好きにさせていた。あまつさえ絶対的な味方と信じてさえいたのだ。

怒りと嫌悪感でゾワリと鳥肌が立つ。なんて愚かな……！

「ジョエル……」

私は床に跪《ひざまず》いた。そして自身の無知と無力さに打ちひしがれながら俯けば、ポタリと涙が床に滴り落ちた。真相に近づいたとしても、結局私が頼れるのはジョエルしかいない。だから今は、必死に希《こいねが》うしかないのだ。

私はジョエルの前で額《ぬか》づいた。

「どうか兄を救ってください……兄が救われるためなら私、何でもするわ」

ジョエルは私の顎を掴んで上向かせ、親指の腹で私の涙を拭った。

「……ならばお前は生涯俺に貞節を誓え」

予想だにしない言葉に私は目を瞠《みは》る。

貞節？　生涯ジョエル以外の男と寝るなということ？　そうなると、将来娼館で働くことはできなくなる。仮に再び多額の借金を背負ったとして、何の取り柄もない私には返すあてが――

そんな束の間の逡巡《しゅんじゅん》がジョエルを誤解させたようだ。ジョエルは皮肉げに唇を歪める。

「あんなに抱き潰しているのにまだ足りないのか？　この淫乱が」

「違う、あなた以外の男なんて要らないわ。ジョエル、私の生涯の貞節をあなたに捧げます」

私に差し出せるものがあるのなら何だって差し出す。あの未来を変えられるならこの命すら惜しくはない。

躊躇《ためら》いを捨ててジョエルの指先に口付けると、ジョエルは私の両手を掴んで立ち上がらせた。

ぐいと腕を引かれ、私は倒れ込むようにジョエルの胸に飛び込む。

「いいだろう、セドリックは必ず助ける。ただし」

低められた声とともに強い力で顎を掴まれた。

「あぅっ……」

「誓いを破ったらすぐさま殺してやる……！」

背筋がゾクリと粟立《あわだ》つ。

ジョエル、あなたはどれ程私を憎んでいるというの？

昏《くら》い深淵を思わせる瞳には、燃え上がるような激しい感情の揺らぎが見えた。何故だろう、この時の私には、彼が手負いの獣のように見えた。

私はジョエルの両頬を掌で包んで、労《いたわ》るように優しく撫でる。

「いいわ、その時は必ずあなたの手で殺して」

かつてあんなに好き勝手させていた私に貞節を誓わせるだなんて、一体どういうことなのだろう。

以前の婚姻期間は二年だったけれど、その間ジョエルに会ったのは片手で数える程。夫婦であったのに私はジョエルという男をまるで知らないのだ。

あなたは今何を思っているの？

初めてジョエルの心が知りたいと思った。吸い込まれそうな紺碧の瞳を覗き込むと、真っ直ぐな眼差しで返される。

この瞳に私はどう映っているのかしら？

伸び上がって今度はジョエルの唇に口付けると、ジョエルは角度を変えながらそれを深いものにする。

胸元から手を入れられ、器用にドレスの下のコルセットの紐が解かれる。ドレスが引き下ろされ、零れ出た乳房をジョエルの大きな掌が荒々しく掴む。私はジョエルの背に腕を回して、突き出た肩甲骨を掌で覆った。

私の生涯ただ一人の男――その酷く甘やかな響きにうっとりする。たとえ終わりの見えた関係だとしても、生涯誓いは守ろう。

「ジョエル……私には、んっ……あなた、だけ……」

ジョエルはねっとりと舐《ねぶ》るように私の舌に彼の熱い舌を絡《から》めた。同時に下着の中に指を差し入れると、すぐに私の膨らんだ尖《とがり》を探り当てた。そしてそのまま優しくなぞるように撫で上げられ、背筋から脳天へと疼きが這い上がってくる。

「ああっ……！」

立ったまま腰を抱えられ、下から突き入れられた。私は振り落とされないよう首にしがみついて、ジョエルの腰に足を巻きつける。

さっきまで見ていた書類が執務机に散らばるのを気にする余裕もなく、ジョエルは私を抱きしめたまま奥を穿《うが》った。不意打ちに弱いところを突かれて軽く達《い》ってしまう。今までなら悔しがって歯噛みするところだけれど、今は素直に快感に身を委ねたかった。

私にとって唯一の男。そう思えばこそ、このセックスが特別なものに思えた。

「ジョエル……きもち、ぃ……もっと……ああっ！」

激しく腰を打ちつけ奥を穿《うが》たれるたび、堪らない快感がせり上がってくる。体を大きく仰《の》け反《ぞ》らせ、私はジョエルに抱かれて初めて心からの絶頂に身を震わせた。

同時に膣内《なか》が大きくうねってジョエルのものをきつく締めあげる。ジョエルは低く呻くと抽挿《ちゅうそう》を速め、最奥で熱い飛沫《ひまつ》を放った。快楽に歪む顔すらジョエルは美しい。荒い息を吐きながら私の胸に倒れ込むジョエルを両手で抱きしめる。

「好きよジョエル」

ジョエルは不機嫌そうに眉間にシワを寄せると、乳房を吸い上げて真っ赤な花を散らした。

★

「おいクローヴィス。腑抜《ふぬ》けてる場合か、ったく」

ハッとするとフランクが呆れ顔で俺を見ていた。

しまった、正式な会食の場でついボンヤリしてしまった。

「悪い……」

「やれやれ、重症だな」

大仰にため息をつくフランク。全く返す言葉もない。

エマと出会った夜会から数週間、あの日から俺はエマのことばかり考えている。幸せそうに公爵に微笑みかけるエマ。彼女の全てが眩《まばゆ》く光り輝いて見えた。だからこそ公爵がエマに向ける冷ややかな眼差しに苛立ちを覚えるのだ。

一見睦まじく見えたが公爵はエマを愛していないのか？　だが俺への殺意は本物だった。嫌っている女のことで普通あんな顔するか？　答えは否だ。中々に公爵は面倒臭い男のようだ。あんな激しく執着しているくせにエマには一切それを見せない。

エマ、あの氷のような男に酷くされてないか？　俺なら——

そこで我に返る。俺なら何だというのだ。エマは既に人妻だ。腐るほど誘いを受けているらしいが全く相手にすることはなく、公爵に一途に寄り添う貞淑な女だと聞く。それが更に男達を燃え上がらせているようだが。

昔の誼《よしみ》で少しは俺に利がありそうだが、貞淑なエマは決して俺の手は取らないだろう。

まあ認めたくはないがジョエル・ヴァルクは地位も名声も美貌も兼ね備えた男だ。さぞ誘惑も多いだろうに身持ちも固いと聞く。騎士団長としての仕事ぶりも真面目で王の覚えもめでたい、とフランクがニヤニヤしながら言っていた。

全く……非の打ちどころのないイケすかない野郎だ。強いて挙げるなら母親が娼婦上がりの愛妾ってことくらいか。それとて本人の瑕疵《かし》ではないのだから、もはや難癖のようにも感じるが。

ちょっとできすぎなくらいだよな、面白くない。

だが、彼がどれだけできる男であろうと、エマがどれだけ惚れ込んでいようと、俺はエマが欲しい。欲しくて欲しくておかしくなりそうだ。

国に帰り二度と会うこともなければ忘れられるのだろうか。それまであと一月か……くそっ！

まさか無理やり押し付けられた公務でこんな苦しみを味わうとは想定外だ。

男は一度手に入れたものに対して執着を失う習性がある。一度でもエマを手に入れればこの思いから解放されるのか？

『ロヴィお兄様……』

俺を呼ぶ柔らかく甘いエマの声。触れたらどんな声で啼くのだろう。あの白い肌を思うまま貪《むさぼ》りたい。

エマを俺のものに――その妄執《もうしゅう》は俺を蕩然とさせた。

エマ、一度でいいから俺のものに――

★

貞節を誓ったあの日から、ジョエルは私の体に情事の痕跡を残すようになった。消える間もないほどに刻まれて、湯あみや着替えの際の侍女たちの視線が痛い。私は自室のベッドの上でため息をついた。

相変わらずジョエルの考えていることは分からない。

初恋のロヴィお兄様と再会できたというのに、最近の私は気付けばジョエルのことばかり考えている。

夫婦でいられるのはあとどのぐらいだろう。以前は二年だったけれど、兄の件で未来が変わればその時期も変わるのかもしれない。

もし子ができていたら――？

ジョエルは子だけ取り上げて私を追い出すだろうか。子は産ませると言っていたからその可能性は大いにある。

そしてあの女性――かつてジョエルが愛し、共に暮らしていた彼女はいつ現れるのか。もう既に現れている可能性も？　もしかしたら以前とは状況が変わっていて、私を孕《はら》ませなければ彼女のもとへ行けない事情でもあるのかもしれない。

だから毎日のように好きでもない私を――そう思うと何やら申し訳なくなってくる。

でももう少しだけで良いから時間が欲しい。父と兄を救うための時間が――

ジョエルは約束通りカレンガ家の件で全面的に力を貸してくれている。進捗《しんちょく》があれば差し障りのない程度に情報の共有もしてくれ、彼なりの配慮も伝わってくる。本当にそのことに関しては感謝の気持ちしかない。でも、私はそんなジョエルの様子に徐々に違和感を覚えていた。

ジョエルのすることにはあまりに無駄がない。決して後手に回ることなく先んじて、敵を破滅へと誘導する。まるで何が正解であるのか、敵がどうするかを全て心得ているかのように。

そのたびに思うのだ。私があのノートを手渡す前からジョエルはこの件に関して何か掴んでいたのではないかと。

王家に申告もせず私兵や武器を集めていた叔父の所業は王家に対する反逆行為だ。首謀者は極刑を免れない。それほどの重罪だ。あまりにことが大きすぎて、私一人なら途方に暮れるしかなかった。けれど、ジョエルはこの件に関して既に解決の糸口を掴んでいる――彼の言動からそう確信している。

でも、私がノートをジョエルに手渡したのはたったの数週間前。そんな日数で細心の注意を払っていただろう商会と、慎重かつ狡猾に奸計《かんけい》をめぐらせて父と兄を嵌《は》めようとしていた叔父、ウラニ子爵とを出し抜いて潰す算段をつけることが果たしてできるのだろうか？　普通なら不可能だ。けれどもっと以前から彼らを探っていた、とすれば話は違う。

ただそう考えるとどうしても分からないことがある。

ウラニ子爵は表面的には人当たりも良く、明るく快活な人物で人望もある。

私はもちろん、父も兄も彼を好いていたし、まさか裏で陥《おとし》められているだなんて思いもしなかった。当事者がこれなのだ、ジョエルが以前から叔父を探っていたのだとしたら、私が動く前から何かを掴んでいたということになる。でもこれまでジョエルはウラニ子爵と何の関わりもなかったはずなのに何故？

分からない……全てが単なる私の思い過ごしなのかもしれない。

真相がどうあれジョエルには心から感謝しているし、返せるものならば恩を返したい。今の私がジョエルにできることは、将来彼の望むままに離縁すること。情けないけれどそんなことくらいしか思い付かない。

——これは償い、なのだろうか。

初めて会った時、仲良くしようと手を差し伸べてくれたジョエルを私は拒絶した。

あの頃の私は前の婚約者であるエリックを喪《うしな》ったばかりで、普通なら絶対に嫡子《ちゃくし》になるはずもなかったジョエルの出自が心底気に食わなかった。

だからある日言ったのだ。私には心に決めた人がいる、お前などに決して心は渡さないと。

ジョエルの美しい顔がみるみる凍りついたのをよく覚えている。けれど傲慢な私は、娼婦の子が仲良くなど図々しい、いい気味と思っただけだった。

こんな調子で私はどれだけジョエルを傷つけてきたことか……

その後辛酸を舐め、少しは道理をわきまえたつもりだから、今となっては余計に過去の自分は消してしまいたい程に愚かで滑稽《こっけい》でみっともない。だけど何故か私の人生は過去へと巻き戻った。はじめは自分が破滅から逃れ、ただ円満に別れることばかり考えていたけれど、今はジョエルの幸せも願えるようになっている。

「お、奥様！　ちょっとやり過ぎではありませんか？」

「あっ……」

鉢植えに水をやっている途中でボンヤリとしてしまったらしい。受け皿から水が零れてしまっていた。

「昼間なのにボンヤリしてしまって……ダメね」

「奥様……」

苦笑する私にマーサは何やら言いにくそうに口籠《くちごも》る。

「マーサ？」

「その……お疲れなのではありませんか？　毎日のように……いえ、差し出がましいことを、申し訳ありません」

「いいえ、心配してくれているのでしょう。私は大丈夫よ、ありがとう」

侍女にまで心配かけてしまうとは情けない。けれどジョエルのセックスが激しいのは事実だ。毎日のように溢《あふ》れるほど注がれているのに、孕《はら》む兆候がないのも申し訳なくなってくる。

そっと薄い下腹を撫でる。

以前の私はどれだけ淫蕩に耽《ふけ》ろうと孕《はら》むことはなかった。もしかしたら子ができにくい体質なのかもしれない。

膨らみかけた花の蕾《つぼみ》を指でつつきながら、私はマーサに気づかれないようひっそりとため息をこぼした。


ジョエルは社交場が好きではない。今まで二人で参加したのは、ロヴィお兄様の歓迎パーティーの一度きりだった。けれどどうしても外せない大人の事情というものは存在する。今夜が正にその『大人の事情』だ。

「エマ、踊ろう」

ジョエルとのファーストダンスを終えると、すぐにロヴィお兄様に手を取られた。咄嗟《とっさ》に身を固くして身構える。

私たちが今日この夜会に参加したのだってロヴィお兄様の我儘故《わがまま》だ。可愛い遠縁のヴァルク公爵夫人がこないなら夜会になど出席しない、とロヴィお兄様が駄々をこねたそうだ。いい大人が信じられないけれど、こんなバカバカしいことがまかり通るのが権力というもの。私は思わずジョエルを見上げた。

「行ってくるといい」

けれど素っ気なく言われ、少しガッカリしている自分に気付く。何を馬鹿な――

「お兄様、喜んで」

失望を隠し、無理やり笑みを作って身を委ねると、ロヴィお兄様は優しく微笑んで私を抱きしめるようにホールドした。

「お兄様、少し近すぎませんか？」

「俺の国ではこのくらい普通なんだけどな。嫌か？」

「いえ、でも私が令嬢達に恨まれてしまうわ」

大人になった彼は、幼い頃のヤンチャな雰囲気を残しつつもとても魅力的な男性になっていた。地位を抜きにしてもお近づきになりたい令嬢達は後を絶たないだろう。

「他なんてどうでもいい。俺にはエマが一番だ」

「もうお兄様ったら。私だからいいけれど、社交辞令でもそんなことおっしゃるのは罪だわ」

「おべっかも言葉遊びも苦手だ。率直にいえば俺はエマが欲しい」

冗談では流せないほど、ロヴィお兄様の瞳は真剣だった。

「私は既に人妻です。そのお気持ちにはお応えできません」

「なあ、公爵はお前を愛してくれてるのか？」

私はぐっと言葉に詰まった。今も昔もこれからも、ジョエルが愛する女は私ではない。そのことを私はいやというほど知っている。

「彼が私をどう思っていようと、私には彼が大切なのです」

「誤魔化すなエマ。寂しいだろう？　お前がどれだけ思おうと思いを返されないのは」

何故……何故ロヴィお兄様は一番突かれたくない部分を暴き出そうとするの？

「はじめに言っただろ、俺はエマが欲しい。そのためならお前の心の隙を突くような真似だってするさ」

ロヴィお兄様の鋭い眼差しと言葉とに心を揺さぶられて、私は表情を繕《つくろ》うこともできないまま、蒼白になって首を横に振る。

「お兄様は幼い私の初恋でした。お願いだから、綺麗な思い出のままでいさせて……」

「それは無理だ。もう俺たちは出会ってしまった。手遅れだ」

「な……にを……」

「公爵は許してくれたぞ。お前が首を縦に振ったならお前と関係を持っても黙認すると」

その言葉に目の前が真っ暗になる。

「う、そよ……ジョエルが許す、なんて……」

「エマ、公爵の気持ちなど所詮その程度だ。俺なら好きなだけ甘やかして、死ぬほど愛してやる。

いつでも俺のもとに来い」

ロヴィお兄様の言葉はろくに耳に入らなかった。

気付けば私はお兄さまの手を振り払い、会場を飛び出して人気のない庭園の草むらに一人蹲《うずくま》っていた。

「ふっ……」

あとから後から涙が溢《あふ》れる。私は何か勘違いをしていたらしい。毎日のように抱かれ、貞節を誓わされたのは、ジョエルが私に憎しみ以外の思いを寄せてくれているのだと……そんなバカな期待をしてしまった。

ジョエルは私を試している。ここで私がロヴィお兄様のもとへ行けば、あなたは私を殺すのかしら？　それともまた娼館に捨てる？

「……っく……あははははっ！」

馬鹿みたいだ。これまで散々ジョエルを傷つけ蔑《さげす》んできたくせに、いざ自分に牙を剥《む》かれたらあまりの痛みに身動きさえできない。

生まれ変わったつもりでいても、所詮私は自分が可愛いだけの人間だ。ジョエルの幸せを願うですって？　綺麗事を。現に私はこの痛みを与えたジョエルを憎みかけている。

「ここにいたのか、エマ」

声と同時に背後からすっぽりと抱きすくめられた。ジョエル、ではない。優しく私を包み込むロヴィお兄様の温もりをどこか他人事のように感じながら、私はボンヤリと空を見つめていた。

「俺ならエマをこんな風に泣かせない」

「お兄様が私の何を知っているというの？」

嫌な笑いが込み上げてくる。

ロヴィお兄様も勝手に「エマ」という偶像を作り上げて、勝手に盛り上がって勝手に失望して去ってゆくのだろう。そんな男達を私は腐るほど見てきた。

「幼い頃の私は酷かったでしょう。今は大分分別がついたから隠すのが上手になっただけ。醜悪な本性は変わっていないわ」

「俺はお前が可愛くて堪らなかったよ。別れが辛かったのを今でも覚えてる。こうしてまた出会えるだなんて思ってもみなかった」

思わず振り返ると、ロヴィお兄様は眩しげに目を細めて優しく微笑んでいた。

「本当に綺麗になったな、エマ。再会してからずっとお前のことばかり考えている」

ロヴィお兄様は私の顎を掬い上げると、あまりにも自然に口付けた。

その瞬間、体が動く。

やめて！　私に触れないで！

気付けば私は全力でロヴィお兄様を突き飛ばしていた。

心が、体が、全力で拒んだ。

私はジョエルに貞節を誓った。この身はジョエルのもの——！

「エマ……」

自分のしたことが信じられなかった。あんなに大好きだったロヴィお兄様を体が拒絶した？

「あっ……」

震えながら後退《あとずさ》り、足をもつれさせつつもその場から逃げ出した。

会場に戻り必死にジョエルを探す。途中幾人にも絡《から》まれ、おざなりに対応しながらも、縋《すが》るように視線を彷徨《さまよ》わせる。一体どこに？

ようやく壁際で誰かと談笑するジョエルを見つけて、私は周囲の目など構いもせずジョエルの胸に飛び込んだ。

「ジョエル……！」

ジョエルははじめ呆気にとられているようだったけれど、私が震えていることに気付いてそっと抱きしめてくれた。

「何があった」

いつになく優しいジョエルの声音に、胸がコトリと音を立てる。

「ジョエル私――」

言葉をつづけようとして、ふと目の端に留まった人物に続けるべき言葉を失う。

その人物は騎士服を身に纏《まと》い、折り目正しく私に一礼した。

「団長の奥様でいらっしゃいますね。お初にお目にかかります、王宮騎士団王都警備隊に所属しておりますマリカ・クリフォードと申します」

ピンクブロンドの愛くるしい女性が悠然と微笑んでいた。

頭を殴られたような衝撃を受け目眩《めまい》がした。私は何一つ言葉を発することもできないまま意識を手放した。

★

「エマ、もうここに来てどのくらいになる？」

聞き覚えのある声に導かれるように、私はゆっくりと目を開いた。そこは事務所の一室のようで、いくつかの机が整然と並んでいる。その一つに、今よりもずっと露出の多いドレスを纏《まと》った自分が座っていた。

――ここは、私が身を寄せていたあの娼館だ。娼館のオーナーであるマダムが私に向かってニコニコと人好きのする笑みを浮かべている。

まるで過去をのぞき見ているような感覚に、これは夢なのだと気が付いた。

そうだ、客の居ない日中は、よくこうして事務仕事をしながらマダムとおしゃべりを楽しんだ。

懐かしいマダム。出会った時からあなたは私に厳しくも優しかった。どん底まで落ちていた私を励まし、鼓舞してくれたのは他でもないマダムだった。母を知らない私は、勝手に理想の母親像をあなたに重ねていた。

ぼんやりと思い出にふけっていると、私の口から過去をなぞるように言葉が飛び出した。

「三年……になるかしら」

「そう。そろそろ借金は返し終わるでしょう？　次のステップに進むことを考えてはどう？」

「次のステップ？」

「あなたにはこれまで十二分に稼いでもらったわ。もうあなた自身の幸せを考えてもいい頃合いじゃないかしら」

私の、幸せ？

「エマを身請けしたいって男性は何人もいる。その中から選んでもいいし、好いた人がいるならその方のもとへ行くのもいいと思うわ」

「マダム、こんな身も心も汚れた私を本気で欲しがる男が居るはずないわ。私は……そうね、マダムの後継者にでもなろうかしら」

「まあ、本音はそうしてくれたらって思う。でもあなたはまだ若い。いくらでもやり直せる。あなた自身が望む幸せを掴んで欲しいのよ」

思わず苦い笑いが込み上げる。そんなもの……とっくの昔に諦めたし忘れてしまったわ。

「ところでエマ、今日のお客様は一人なのよ」

「あら、そろそろ私も落ち目かしら？」

「冗談を。全枠通しで予約を頂いてるから上客よ。それどころか館ごと一晩お買い上げ」

「随分と気前がいいのね。どなたかしら」

「ここには初めて来る方。偉い貴族様だし酷いことはされないと思うけど……」

「そう……どんな変態でも構わないわ。知ってるでしょう？　私生まれながらの淫乱なんだから」

マダムは声を上げて笑った。

「ふふ……あなたのそういう突き抜けた所大好きよ。でも常に用心は怠《おこた》らないで」

「ええ、分かっているわ」

そうだ、この日のマダムはいやにしつこかった。気を付けるように、あなたの身が心配だ、気が進まないなら断ってもいいとまで言った。

今になって思えばマダムは知っていたのね。客が私にとってどんな存在だったのか――


目覚めた時、意識が混濁して夢と現実の境が分からなかった。

「あ……」

「エマ、気分は」

顔にかかる私の髪を払いながら、ジョエルが静かに見下ろしていた。何故ジョエルが？　彼の顔を不思議な思いで眺め、辺りを見回している内に、今の私はジョエルの妻だったと思い出す。どうやらここはヴァルク家の私の部屋のようだ。彼がここまで運んでくれたのだろうか。

「悪くないわ。私、どのぐらい？」

「丸一日目覚めなかった。医者は体に問題はないと言っていたが」

倒れる直前の光景を思い出して、私は胸苦しさに目を瞑《つむ》る。ついに来るべき時が来た。あの女性――マリカといったか。小柄で愛くるしく笑顔が眩しい人だった。

私とは何もかも違う、そんな女性。

「迷惑をかけてしまってごめんなさい……」

「いや……それより倒れる直前、何か言いかけてなかったか」

ああ、そうだ私、ロヴィお兄様と――思い出した途端指先が震え出し、ぶわりと涙が溢《あふ》れる。

「ジョエル……私を殺して」

ジョエルは一瞬息を呑むとぐっと眉根を寄せた。

「何があった」

「私……私ロヴィお兄様と……あっ！」

言い終わるや否やジョエルは私の上にのしかかり、両手を押さえつける。

「殿下と何をした」

「口付けを……」

ジョエルは私の首を掴むと、噛みつくように口付けた。深く深く、厚い舌で喉の奥までじっくりと責め苛《さいな》むように。私は絶え間なく注がれる唾液を必死で飲み下す。それでも間に合わず零れた唾液が口の端から溢《あふ》れ落ちた。それをジョエルの舌がペロリと舐めとる。

「他に触れられたところは」

「ない、わ」

喘ぐように息を継ぎながら私は首を横に振る。

「でも、貞節は守りきれなかった……」

ごめんなさい、と消え入るように囁くと、閉じたまぶたから涙が溢《あふ》れた。その涙の跡をジョエルの舌先が辿《たど》る。私はそっと目を開いてジョエルの頬に触れた。

「許して……くれるの？」

ジョエルは何も答えないまま、私の首を掴んでいた手を鎖骨から双丘に滑らせる。いつになく動作が緩やかなのは私の体調に配慮して、だろうか。やがてジョエルはもどかしげに裾の長いネグリジェをたくし上げると、あっという間に剥ぎ取ってしまった。

「ジョエル……あなたも脱いで」

私の言葉に応えるようシャツを荒々しく脱ぎ捨て、ジョエルは息が詰まるほど私をきつく抱きしめた。

怒って、いる？

「ジョエル……」

その腕の力強さが独占欲の表れのようで、胸に淡い喜びと疑念がじわりと広がる。他人との口づけ一つでこんなに怒るくらいなら、どうして私を試すような真似を？

ジョエルは耳朶を食《は》んで首筋を甘く噛み、鎖骨や乳房を音を立てて吸い上げた。チクリと痛みを感じるたび、不思議と気持ちが昂ぶってゆく。刻み付けられる痕が所有の証のように感じられて、何故かそのことに安堵を覚えてしまう。

私は、ジョエルのもの――

やがて胸の先に辿《たど》り着き、舌を絡《から》めて吸い付くジョエルの頭を抱きしめた。気持ちがいい。舌先で転がされ押し潰される度に下腹にもどかしい疼きがじわじわと溜まってゆく。

いつもは性急に繋がってくるのに、今日のジョエルは何だか——恋人にするように慎重で優しさすら感じる。そのことに気付いて、堪らない胸苦しさを覚えた。

だって、バカな私はまた愚かな勘違いをしてしまう。求められることに特別な意味があるのだと、どれだけ打ちのめされたって優しくされたら期待してしまう。

私、いつからこんなバカな女になっていたの——？

「い、や……ジョエルお願い、酷くして……私を罰して……っ」

ジョエルは身を起こして私を見下ろした。美しい紺碧の双眸《そうぼう》には、滾《たぎ》るような情欲と、昏《くら》く狂おしい何かが揺らめいて見えた。その悪魔のような美しさに魅入られている内に、いつの間にか私の秘処には固いものが宛がわれ、泥濘《ぬかる》んだそこはズブズブと灼熱を呑みこんでいった。

「あっん……」

すっかり彼の形に馴染んだ中は、きゅうきゅうと彼を締め付け、気持ちがいいと訴える。そのまま奥深くまで繋がると、ジョエルは動きを止めた。私を気遣うようなそのそぶりに、泣き出したいような切なさが湧き上がる。

最初の頃のように乱暴に身勝手にすればいいのに、どうして今日に限って私を気遣うそぶりをみせるの？　あなたこそ、何を企んでいるの？

ジョエルは敏感な芽を優しく指先で擦りながら、腰をゆっくり前後に動かした。堪らない快感がじわじわとせり上がって奥がぎゅうと締まる。ジョエルが苦しげに眉根を寄せたので、なだめるように頬を撫でた。

「苦しい、の？　ジョエル……」

ジョエルが頭《かぶり》を振ると汗が私の肌に滴り落ちる。

「……逆だ」

「それ、は……っあ！」

それ以上の私語は許さないとでも言いたげに、ジョエルは抽挿《ちゅうそう》を速めた。叩きつけられる度ぐちゅりと響く水音が今更ながら羞恥《しゅうち》を煽《あお》る。どうして今まで平気でいられたのだろう。この男にありとあらゆる場所を曝《さら》け出し、快感に善《よ》がる痴態をじっくりと見られ続けることに。

私は必死にジョエルに手を伸ばして、隠れるように首筋にしがみついた。ジョエルの堅い胸板に私の胸が歪《いびつ》に押し潰される。

「ジョエル……イヤ……優しく、しないで……」

耳元で懇願するように囁くと、ジョエルは再び動きを止めた。そうして至近で射るような眼差しが私を貫く。これはきっと男の狩猟本能だ。私はジョエルの何かに火を点けてしまった。

ジョエルは私の片足を抱えあげると激しく腰を打ち付ける。いつもより一層深いところを突かれ、ヌチヌチと粘膜を擦り上げられ、背筋から脳天へゾクリと何かが駆け上がった。

「んん、あああっ!!」

頭の中が真っ白に砕ける。全身が強張り、指先が縋《すが》るようにシーツを握りしめていた。中はヒクヒクと蠢《うごめ》いて、もっともっととジョエルを強請《ねだ》る。ジョエルは小さく呻きながら更に激しく奥を穿《うが》ち、一際深く腰を入れると欲を放った。

ベッドに倒れ込むジョエルを抱きしめながら、すっとマリカの顔が脳裏を過《よぎ》る。

大丈夫、覚悟はできている。ジョエルの邪魔はしないわ、決して――

★

マリカと出会ってから数日、兄を救うと約束してからほんの一月程でジョエルは約束通り全てに片をつけた。

どう説得したのかまたは脅したのか、ジョエルはユーレンを完全に抱き込んだのだ。彼の自白やもたらした証拠の数々が発端となって、叔父は獄《ごく》へと繋がれた。それによってウラニ子爵家は領地財産没収の上、爵位返上となった。

父と兄は逆賊である叔父を告発したとジョエルが上奏したことで罪を免《まぬが》れたそうだ。それでも二人はショックを隠せない様子でいまだ気落ちしているという。父は信じていた実弟に、兄は腹心の部下に裏切られていたのだ、無理もない。けれどこれで最悪の未来は避けられた。

そのことをジョエルから知らされた私は、筆舌に尽くしがたいほど嬉しくて、これまでジョエルに抱いていた疑問や違和感を束の間忘れた。

「ジョエル、なんとお礼を言っていいのか……本当に心から感謝します」

溢《あふ》れる涙を拭いながら礼をすると、ジョエルはチラリと私を見たきりすぐに再び書類に目を落とした。

「俺は約束を守る」

「私も守るわ。生涯必ず」

以前の私はあんなにも淫蕩に耽《ふけ》ったというのに、この体はもはや他の男を受け付けないのだ。

ジョエルは私に一体どんな魔法をかけたのだろう。

将来ジョエルと別れたとしても、ほかの男に抱かれることはきっとできない。それに誓った貞節は必ず守ると心に決めている。

私はあとどれだけジョエルと共に居られるのだろう。できることならばあと、もう少しだけ——

そんな私の甘い考えを打ち砕くよう、ジョエルはひどく淡々と告げた。

「しばらくカレンガ家に戻って構わない」

「え？」

「家族の様子が心配だろう」

一瞬何を言われたのか分からなかった。否、分かりたくなかったのかもしれない。実家に戻れることを喜ぶ感情より、とうとうその時が来た、という思いの方が強かった。

冷水を浴びせられたように体の芯が凍《こご》えていく。

ああ、あなたはきっと彼女のもとへ——

私はにっこりと微笑んだ。内心の動揺など微塵も感じさせない笑みだと自信がある。

「そこまで気遣ってくれるだなんて……本当に嬉しいわジョエル。お言葉に甘えてしばらくカレンガ家の方へ行ってきますね」

「ああ、好きなだけゆっくりしてくるといい」

私は淑女の礼をしてジョエルの執務室を後にした。その間ジョエルは一度も私の方を見ようとはしなかった。


翌日早々《はやばや》と私は実家へ戻ることにした。先に引き延ばすほど、取り返しのつかない何かに引きずられそうで怖かったからだ。

屋敷を発つ際、今日まで大事に育てた鉢植えを手に取る。持っていこうかと一瞬迷ってから、いまだ咲かない小さな蕾に口付けた。そしてそれをクルスに手渡す。

「これをロンに。花が咲いたらジョエルに渡すよう伝えて」

「旦那様に何かお言付けはありますか？」

私は首を横に振った。

「クルス、どうかジョエルのことをお願いね」

「かしこまりました」

馬車に乗り込むなり、私はすぐさま座席に倒れ込んだ。

昨夜も散々ジョエルに抱かれた。明け方近くまで解放されず、いまだにジョエルが中にいるような感覚すら残っている。

これから別の女との未来を願う男がそんなことをするかしら？

複数の女をそれぞれに愛せる男もいる。でも、私の知る限りジョエルはそういう器用なタイプではない。ならばこう考えてはどうだろう。私に向けるものは性欲、マリカに向けるものが愛情。どうもしっくりこなかった。性愛と愛情はジョエルにとってイコールである、なぜかそんな気がする。けれどジョエルから愛されていると感じたことはない。もっと激しい憎しみのようなものは感じるけれど。

「どうなっているの？」

ますますジョエルという男が分からない。でもいずれ、また以前のようにマリカと共に暮らすのだろう。そうしたらきっと、ジョエルは二度と私に触れることはない。もう、こんな風に思い煩《わずら》うことも無くなる——

ため息とともに胸につかえる澱《おり》のようなものを吐き出して、そっと目を閉じた。

馬車の心地よい振動に身を任せているうちに、私は抗いがたい睡魔に呑まれていった。

★

カレンガ邸に滞在して三日目のことだった。

今日は午後から来客があると父から伝えられたものの、私には関係のないこと、と気にも留めず私は歩き慣れた庭を散策していた。

叔父の件でカレンガ家にも捜査の手は及んでいた。事がことだけに父や兄のみならず、屋敷の使用人達も厳しい取り調べを受けたようだ。

私が里帰りをしたのは捜査も一段落して、ようやくゆとりができた頃合いだったらしい。父も兄もそれはそれは喜んで私を迎えてくれた。新婚早々無期限里帰りなど何か余程のことでもあったのではないか、と普通なら心配しそうなものだけれど……

二人は本当に私に甘い。私が物心つく前に母を亡くしたことを不憫に思った父や兄は私を甘やかし、好きにさせ過ぎたのだ。

その結果生まれたのがエマという醜悪な化け物。父と兄を喪《うしな》うまで、世界は自らを中心に回っていると信じて疑わなかった。人生で思い通りにならなかったことなど婚姻相手くらいなもの。

誰もが私に傅《かしず》き、その一人ひとりに心や想いがあるなど考えたこともなかった。好き勝手に生きて死ぬ。周りなどどうでも良いし、どうなろうと構わない。それがエマ・ドゥ・カレンガという女。

全てを失って、ようやく私の見える世界は変わった。世の中はこんなにも悪意に満ち、理不尽で不条理で無常なものだと、やっと知ったのだ。

私はジョエルに感謝している。彼がどんなことを考えていたにせよ、結果的に私を生まれ変わらせてくれた男だ。

「ジョエル……」

たまたま視界に入ったライラックの房に触れる。ヴァルク家で鉢植えの世話をする内、私は花に興味を持つようになっていた。中でも花に由来する花言葉は興味深い。紫のライラックの花言葉は確か——

「恋の芽生え、かな」

ハッと顔を上げると、ロヴィお兄様がこちらを見ながら微笑んでいた。

「お兄様……何故ここに」

「あれ、聞いてなかったか？　事前に行くって伝えてたんだけどな」

父が言っていた来客とはロヴィお兄様のことだったのか。

「何か御用ですか？」

「つれないなあエマ」

思わず私が後退ると、ロヴィお兄様はクスクスと笑いながらいつの間にか側に来て、私の手を掴んだ。そしてそのまま手の甲に口付ける。

「お前が欲しいと言ったはずだ」

「わざわざこんなところまで追ってくるだなんて……お暇なのですね」

「まあ俺は気楽な第五王子だからな。色々融通がきくのは確かだ」

私の刺《とげ》を含んだ言葉にも、ロヴィお兄様は全く気にした風もなく笑っている。

「お前と結婚することだってできるぞ」

「何度も言いますが私は人妻です」

「紙切れ一枚のことだろう。俺が本気で望めば離縁だってできるさ」

確かに私とジョエルには法と体の繋がりしかない。ジョエルの望み通り子を産めば、もう私は本当の意味で用済みなのだろう。否、マリカという存在が現れた以上、既に私はジョエルにとって不要な存在なのかもしれない。

ロヴィお兄様が本気で私を望んだなら、ジョエルは、私を――

「またその顔だ」

暗い考えに沈みそうになった私にロヴィお兄様が苦笑する。

その顔？　私の顔が何だというのか。

「自分では気付いてないいんだろ？　ヴァルク公との不仲を突くたび、お前は感情がごっそり抜け落ちたような虚《うつろ》な顔になる」

咄嗟《とっさ》に頬に触れた。

「嘘……」

「鏡があれば見せてやりたいくらい酷いもんだ。そんなにヴァルク公が好きなのか？」

「……ジョエルはカレンガ家を救ってくれた恩人です。好き嫌いなど些末《さまつ》な事だわ」

ロヴィお兄様は真っ直ぐに私を見つめる。心ごと見透かすような眼差しに、居たたまれず目を逸らしたのは私の方だった。

「エマ、答えになってない」

「答える必要などないわ」

「なら俺を拒む理由もない」

「私はジョエルに生涯の貞節を誓っています！　たとえ離縁したとしても、女としてお兄様の側にいることはできないわ」

怒りで指先が震える。

どうして放っておいてくれないの？　私の心を暴いて甚振《いたぶ》って何が楽しいの？

「相変わらずお前は頑《かたく》なだな」

「そうよ、私の本質は変わらない。お兄様も一時の感情で軽々しく口説かないで。必ず後悔するわ」

「軽々しく、か。まあ白状すれば一度お前を抱いたらこの熱情から解放されるんじゃないかと期待はしてる。男ってのは大概そういう生き物だしな」

一度抱いたら興味は薄れる？　ならジョエルはどうしてあんなにも執拗に私を抱くのだろう。孕《はら》ませるだけにしてはあまりに異常ではないだろうか。

「安心して、ただの勘違いだから。すぐに私のことなど忘れられるわ」

ロヴィお兄様は眉を顰《ひそ》めてうーんと唸った。

「どうだろうな。俺は女に執着したことがないからよく分からないんだ。ただ今は何をしててもエマのことばかり考えてしまうのは本当だ」

「お兄様……いいお歳をして恋もしたことがないのですか？」

「歳は関係ないだろ。生涯を共にしたいと思えるような女に出会えてないだけだ」

「生涯？　お兄様の国は恋愛結婚が主流なのですか？」

「んー半々かな。嫡子《ちゃくし》には流石《さすが》にほとんど自由はないけど、それ以下の結婚は比較的自由で緩い。だから俺がエマと結婚すると言って反対する人間はいないだろうな」

心から望んだ相手と生涯を共に――不意にジョエルとマリカの顔が頭に浮かんで胸苦しさを覚

える。

そんな私の心を見透かしたかのように、ロヴィお兄様は容赦なく核心に踏み込んできた。

「そもそもヴァルク公の側には常に愛らしい女騎士が侍《はべ》っているそうじゃないか」

弾かれたように私はロヴィお兄様を見上げた。

「その話は有名なのですか？」

「まあ、隣国の客人である俺の耳に入るくらいには」

その言葉に、自覚できるほど気持ちが沈む。

マリカと遭遇した時点で何故私はジョエルに確かめようとしなかったのだろう。心臓がドクドクと嫌な音を立てる。知りたくなかった、知るのが怖かった——？

「そう……分かっているわ。彼が愛しているのは彼女だって」

口に出してしまった途端涙が溢《あふ》れた。この涙は何？　胸が痛くて苦しくて張り裂けそうだ。

あまりの心の痛みに立ち尽くす私をロヴィお兄様は優しく抱きしめた。

「エマ、あんな男忘れろ。俺にしとけよ」

「言ったはずです。女としてお兄様の側にいることはできないと」

「んー俺も男だからただ側に居てくれればいい！　とは言い切れないのが痛いよな。側にいれば触れたくなるし抱きたくもなる。でもなあエマ、俺は寝ても覚めてもお前のことばかり考えてるんだ。これは恋でいいんだろ？」

胸はズキズキと鈍く痛むのに、私はロヴィお兄様の下心丸出しな言葉に思わず笑ってしまった。

「お兄様のお心はお兄様だけのもの。私に分かるはずもないわ」

「まあそうだよな。一度寝れば冷めるのか逆に燃え上がるのか、ヤってみなきゃ分かんないよな」

「……お断りします」

軽口を交わすうちに涙はすっかり止まり、私はロヴィお兄様を退けるように胸を強く押す。

「お手軽な恋をしたいなら他へどうぞ。私が承諾しなければお兄様は私に手を出せないのでしょう」

ロヴィお兄様はうん、と頷いた。

「その通り。だからこれでも必死で口説いてるんだ」

「……本気で口説きたいならもう少しお勉強なさって」

ロヴィお兄様は今まで女に不自由したことなどないのだろう。雰囲気を大事にする女性の本質をまるで理解していない。

「勉強ねえ。ああ、ならエマが教えてくれよ！　俺は女心なんてまるで分からないからな」

妙案とばかりに瞳を輝かせるロヴィお兄様を冷ややかに見上げる。

「嫌です。誰かに誤解されるようなことはしたくありません」

「エマの心を知りたいならエマに聞くのが一番だろ？」

「……私の心は決まっていますから、どうぞ諦めて」

「なあエマ、俺が意外と頑固なこと知ってるよな？　一か月の滞在予定を三か月に延長したんだ。まだ多少の時間はある」

お前を口説くためのな、と耳元で囁いて、ロヴィお兄様は再び私を抱きしめた。あんなに好きだったロヴィお兄様からの求愛だというのに、私の心はピクリとも動かない。それどころかジョエルのことばかりが頭をめぐる。

まさかジョエルが里帰りを勧めたのはロヴィお兄様の件も含まれている？　だとしたらどうして彼はここまで執拗に私を試すのだろう。前世の私ならいざ知らず、今の私は夫に一途で貞淑な妻で通っているのに。

「カレンガ家の騒動が落ち着かない内は、お兄様のことを考えている余裕などないわ」

「ああ、俺も話は聞いている。恋敵ながらヴァルク公は凄いよな。水面下でずっとあのおっさん周辺のことを探ってたらしいぞ」

「ずっと？」

「年単位って聞いたぞ。ヴァルク公の個人的な配下を潜入させての調査だったから、モンテアナの国王陛下も知らなかったそうだ。同時に例のドグラ商会のこともな。今回摘発されて大打撃らしいぞ、あいつらも。ヴァルク公は大手柄だな」

やっぱり私があのノートを渡すずっと以前からジョエルは叔父を探っていたようだ。でもどうして？　身内の私達ですら疑いもしなかったというのに。

そこでハッとした。まさか……まさかジョエルも以前の記憶を持っている？

「どうしたエマ？　大丈夫か？」

ロヴィお兄様の声が遠く聞こえるけれど、それどころではなかった。私はようやく掴みかけたその思い付きに必死で食らいつく。

陛下にすら秘密裏に為されていた下準備、日々向けられる私への憎悪と不信感、誓わされた貞節、執拗に私を試すような行動……これまで感じていた小さな違和感や引っ掛かりが次第に線のように繋がっていく。

叔父は周囲の人間を笑顔で欺《あざむ》く狡猾な人間だった。その本性は実の兄である父ですら見抜くことができなかった。

これまで個人的な関わりもなかったジョエルがどうしてそれに気付けたのだろう。

騎士団長という職務上、叔父に疑わしき点を見つけたという可能性ももちろんある。けれどそれなら国王陛下に疑わしい点を訴えて、騎士団や諜報部を動かせばいい。でも敢えてそれをしなかったとしたら。それができなかったとしたら……それはどんな状況だろう。そう考えた時、一つの可能性に行き当たった。

ジョエルは叔父が悪事を働く前から動き出していた——そう考えれば全ての辻褄《つじつま》が合うのではないだろうか。ジョエルはこれから起こることを全て知っていて、叔父の企みよりも早い段階から個人的調査に動いていた。そして以前とは異なる私の言動を見つつ、前世の記憶があることを疑っていて、試していた、としたら？

ああ、でも分からない。変わらずに私を疎《うと》んじているのなら、毎日のように顔を合わせたくなどないだろうし抱く必要もないはず。それに私が憎いなら叔父を探っていたのは何故？　放っておけばカレンガ家は破滅したのだ。私を嫌いながらも、周到にカレンガ家を救ったジョエルの行動はどう考えても矛盾している。

彼は一体何を考え、何を望んでいるのだろう。今の私にはまるで見当がつかなかった。仮にジョエルにも以前の記憶があるのなら、そこに何か手がかりがあるのだろうか。

前世の私が最後にジョエルに会ったのはいつだったか。離縁後、屋敷を去って以来ジョエルに会ったことは——

ズキリと頭が痛んだ。思い出せない。でも何かとても大事なことを忘れているような気がした。記憶を探ろうにも警鐘を鳴らすように頭が痛む。ここに、思い出したくない何かがあるのだろうか。だとしても、私は知りたい。今のジョエルは以前の彼とは何かが違う。知ったところで何も変わらないとしても、ただ知りたい。本当のジョエルを——

そこで心配そうに私を見ているロヴィお兄様にようやく気付いた。

「ごめんなさい、つい考え事をしてしまって……」

「酷い顔色だ。相談事なら乗るぞ」

「そのお気持ちだけで十分よ」

「どうせヴァルク公のことだろ？　そんな顔するくらいなら早く俺の所に来いよ。すぐに忘れさせてやる」

すいっと顎を捉えられ、上を向かされた。ラン王家特有の金の瞳がふてぶてしく細められる。その傲慢なまでに自信にあふれた瞳が好きだった。でも、それは今の私ではない。

忘れさせてやる？　違う、私はそれを望んでいないんだわ。私が求めるのはこの手では、ない。

「お兄様は確かに私の初恋だけど、今の私は人妻。どれだけ望まれようとそのお気持ちには決してお応えできません」

私がきっぱりと告げると、ロヴィお兄様は楽しげに口の端を吊り上げた。

「エマは煽《あお》るのが上手いな。手強いほど男は燃えるんだ。知らないのか？」

看板娼婦だった私が知らないはずもない。手管として男のその習性を利用したことだってある。けれど今は駆け引きをするつもりなど毛頭ない。完全なる本音なのに、残念ながらロヴィお兄様にはスパイスにしかならないようだ。

「別に煽《あお》ってもいないし知りたくもありません」

内心げんなりしながらじいっと彼の顔を見る。初恋補正やらの贔屓目抜きにしても、ロヴィお兄様は端整な面立ちで男らしく魅力的だ。以前の私なら一度と言わず、求められれば何度でも寝たはず。

ふぅっと思わずため息がこぼれた。考えれば考えるほどジョエルは『淫婦』と呼ばれた私の記憶を持っている、そんな気がして仕方がない。

「まあこの世に絶対なんてない。お前の心がいつ変わらないとも限らないだろ」

「ええ、その通りだわ」

私の心が徐々に変化しているように、もしかしたらジョエルの中でも何かが変わりつつあるのかもしれない。

「ありがとうお兄様。やっと自分と向き合う勇気が持てそうよ」

「そうか、俺にとっていい結果になればいいけどな」

全てを知って思い出して、その果てに何があるかなんて分からない。得体の知れない不安はあるものの、思い出せない過去ときちんと向き合いたい、やっとそう思えた。

それができれば避けたかったロヴィお兄様のお陰だなんて皮肉なものだけれど――

「今は、時間が欲しいの……」

ポツリと私が呟くとロヴィお兄様は優しく笑って、私の髪をクシャクシャと乱すように撫でた。

そのどこか懐かしい感触に、胸の奥がぎゅっと切なく疼いた。


自室に戻った後も、私は前世のジョエルとの最後の記憶について考え続けていた。

娼館時代の記憶は鮮明ではない。どれだけ気丈にしていても、常に大事なものがすり減っていくような日々。あの頃はジョエルへの意地だけが私を支えていた。肝心の借金は返し切れたのだろうか……その辺の記憶も曖昧だ。

そもそも三年娼館に居て、その後はどうなったのだろう。娼館時代の最後の客は――

途端に割れるように頭が痛む。私にとって思い出したくない記憶ということ？　でもジョエルを知るためにはどうしても必要な記憶だと、そんな気がするのだ。

ズキズキと痛むこめかみを押さえながらふうっと深いため息をつく。どうやら今はまだその時ではないようだ。何か他のことをと考えた時、ふとあの女性が頭に浮かんだ。

そういえば、マリカ・クリフォード、といったか。彼女は一体何者なのだろう。

以前は社交場で何度か顔を合わせ、言葉を交わしたこともあったのに、私は彼女の素性を良く知らない。

「下品な牝牛《めすうし》」

面と向かってそんなことを言われた気がする。胸は慎ましい程良いとされるこの国で、残念ながら私の胸はかなり大きい。普通の令嬢なら隠そうとするところを、私は敢えて隠さなかった。持って生まれた自分の体を恥ずかしいとも醜《みにく》いとも思っていなかったからだ。だから悪意まみれの比喩ながら、かつての私は牝牛《めすうし》など言い得て妙だと、むしろ面白がった記憶がある。まあ我ながらその感覚はどうかしていたと思うけれど……

そんな調子でマリカは会うたびやけに挑発的だった。私や私の異性関係までもあけすけに揶揄《やゆ》し、いかにジョエルが素晴らしく、自分がどれだけジョエルに愛されているかを得意げに語ったものだ。残念ながら全くジョエルに興味がなかった以前の私には雑音にしか聞こえなかったけれど。

マリカは王宮騎士団に所属していると言っていた。騎士団は身分に関係なく実力主義なので、入団できただけでもかなりの実力だとうかがえる。

でもクリフォードという家名には聞き覚えがないので、もしかすると彼女は貴族ではないのかもしれない。ジョエルとは上司部下として過ごすうちに愛が芽生えた、ということだろうか。噂になるくらいだから良く共に行動していることは確かだろう。

いずれにしてもマリカがどういう人間なのか、今更ながら知りたいと思った。心配をかけるであろう父やセドリックお兄様には決して知られないように。

そこでぱっと思い立ってベッドから起き上がると、私は髪や服の乱れなど構いもせず部屋から飛び出した。


「お前の方から来てくれるなんて嬉しいよ」

突然部屋を訪れた私に嫌な顔一つせず、ロヴィお兄様は嬉しそうに目を細めると、私の乱れた髪を整えるように撫でた。

実は今日、ロヴィお兄様はしばらくカレンガ家に滞在したいと願い出たのだ。お人よしの父は大喜びで最上の客間を整えさせた。だからロヴィお兄様は、かつて滞在していたころと同じようにカレンガ邸でのびのびと過ごしている。

私は髪に触れるロヴィお兄様の手をそっと外すと、改めて表情を引き締めた。

「お兄様、調べて頂きたいことがあるの」

ロヴィお兄様は「何だ？」と首を傾げた。

「マリカ・クリフォードのことが知りたいのです」

「旦那の浮気相手を俺に調べさせるのか？」

「結果次第ではお兄様の望み通りになるかもしれませんよ」

にっこり微笑むと、ロヴィお兄様はふむ、と顎に手をあてて思案顔だ。

「侯爵やセドリックが居るのに何故俺に頼む？」

「二人は……私が悲しむような結果が出れば必ず揉み消すでしょう。私は事実だけを知りたいのです。ロヴィお兄様ならきっとどんな結果であれ私に現実を見せようとなさるわ」

そう言えばロヴィお兄様は楽しげに瞳を輝かせた。

「エマ、人を使うのが上手いな。まあ面白そうだから調べてみるのも良いが」

すいっと顎を捉えて上向かされる。

「下心しかない俺を利用する意味、分かってるか？」

「ええ、勿論。私の体でもお望みかしら？」

「それは勿論欲しくて堪らないが……次の夜会で三連続俺と踊る、それでいい」

複数回同じパートナーと踊るということは、公《おおやけ》に特別の関係と知らしめるようなもの。それを見たらジョエルはどう思うかしら。

夫としてのプライドを傷つけられて怒り狂う？　興味もない、勝手にしろと無関心？

どうにも後者のような気がして、苦い笑いが込み上げる。

「いいわ、踊りましょうお兄様」

すっと手を差し出すと、ロヴィお兄様はその手を取って口付けた。


翌日、ロヴィお兄様は書類の束を持って私の部屋までやってきた。

「まあ、もう調べがついたのですか？」

「一先《ひとま》ず騎士団にある彼女の経歴書の写しだ」

私は手にとってざっと目を通す。

マリカ・クリフォード　十八歳、女。

ラン王国の孤児院にて育ち、八歳でモンテアナ王国、クリフォード家の養女となる。

趣味は剣術とお菓子作り。

十五歳の時剣術の才が認められ騎士団へ入団。その後王都警備隊へ着任、現在に至る。

ラン王国はロヴィお兄様の母国。調べが早かった理由を理解する。マリカは隣国の出身だったのか。クリフォード家は何故異国のマリカを養子にしたのだろう。そもそもクリフォード家とはどういう家柄なのか。様々な疑問が湧いてくる。

「クリフォード家とはどういった家柄なのですか？」

「商いを生業《なりわい》としているようだな。かなり繁盛していて、ラン王国でも有力貴族たちとのパイプを持っているようだ」

「どうして隣国のマリカを養子にしたのでしょう」

「彼女には予知能力があると言われている」

「予知……能力？」

「幼い頃から様々な事柄をピタリと言い当てて、孤児院では巫女《みこ》と呼ばれ敬われていたらしい。彼女を欲しがるヤツはごまんといたが本人が全て断ってたって話だ。そんな中何故か養子としての申し出を受け入れたのがクリフォード家だそうだ。何でわざわざモンテアナの商人を選んだかまでは知らないけどな」

先日会ったマリカを思い出す。輝くようなピンクブロンドの髪にダークグリーンの大きな瞳、小柄でスラリとスレンダーな肢体、そして何より小動物的庇護欲をそそる愛くるしい容貌……この国では正に理想とされる女そのものだった。それに加え未来を知る力があるというなら引く手あまたなのもうなずける。

「かなり人気のある女騎士のようだな。男どもはこぞって彼女を褒め称えていたよ。素直で可愛らしくて剣術は滅法強いとね」

「そう……ですか」

やはり私とは真逆な女性のようだ。前世の私に対する態度がどうあれ、世間的にはすこぶる評判が良くてジョエルの一途な愛を受けるに相応《ふさわ》しい、そんな女性——

「また酷い顔をしている」

ロヴィお兄様は私を見ながら苦笑していた。腹芸は貴族の嗜《たしな》みであるのに、私はつい気が緩むと顔に出過ぎてしまう。娼館で大分鍛えられたと思っていたけれど、どうやらまだまだのようだ。

「ごめんなさい……気を付けます」

「俺の前では構わないさ」

謝ると、またクシャクシャと髪を乱しながら頭を撫でられた。でもそれはわざと私を元気づけようとしているようで、今はその優しさが素直に嬉しかった。

それにしてもたったの一日で、しかも他国にありながらここまで調べあげたロヴィお兄様は中々な情報網をお持ちだと感心する。

「まあ引き続き調査はしてみる。また何か分かったら知らせるよ」

「ええ、ありがとうお兄様」

それから更に四日後、ロヴィお兄様から呼び出されて、私は再び彼が滞在中の客室を訪れていた。

「お兄様？　どうなさったの？」

いつもにこやかなロヴィお兄様が珍しく渋い顔をしている。何か良くないことでも起きたのだろうか。何事かと問うように見上げると、ロヴィお兄様は少し困ったように首を傾げた。

「エマ、どうしても真実が知りたいならヴァルク公に直接聞くんだ」

「何故？　何か分かったのなら――」

ロヴィお兄様はゆっくりと頭《かぶり》を振る。

「軽々しく俺の口から話すべきことではない」

「でも……ジョエルはきっと私になど話してくれないわ」

「何故そう思うんだ？」

何故ですって？　そんなこと私の口から言わなければいけないというの？

唇を噛んで押し黙ると、ロヴィお兄様は優しく私の頭を撫でた。

「俺が見るにヴァルク公はかなり面倒臭い男だ。お前達は何か行き違ってるんじゃないか……って

くそっ！　何で俺が恋敵に塩を送る真似を」

「恋敵？　何を言っているの、ジョエルは私が死ぬほど嫌いなのに」

ロヴィお兄様は私の顔を見るなり思い切り眉を顰《ひそ》めると、私の両頬を掌で挟んだ。

「無理に笑うな、不細工だぞ」

「……不細工は生まれつきよ」

ツンと顎を反らすとロヴィお兄様はククッと笑った。

「何でその勢いでヴァルク公に聞けないんだ？　本音が知りたいならお前も本気でぶつかれよ」

私は瞬《まばた》きも忘れてロヴィお兄様を凝視《ぎょうし》する。

「覚悟さえ決まれば怖いものなんてないさ。お前が本気でぶつかってそれに応えないような男なら、今度こそ捨てて俺のもとに来い」

「おに……ぃ様……」

なんて力強い言葉だろう。ジョエルと向き合うことなど考えてもみなかった。だって私は彼がマリカのもとへ行くことを知っているのだから。

いずれ別れることとしか考えていなかったのに、向き合う発想などあるはずがない。でも――

私は知りたいと思ってしまった。

本当のジョエルの心を。憎んでいるのなら、嫌っているのなら面と向かってぶつけて欲しい。マリカを愛しているのならそれも聞かせて欲しい。再び離縁を求められれば全て終わりにする。私はジョエルを解放する。決してヴァルク家の不利にはならないように。

覚悟さえ決まれば怖いものなんてない――その通りかもしれない。

私は本当の自分であなたと向き合いたい。だからジョエル、あなたも教えて。本当のあなたを――

翌日、私は敢えてヴァルク家へは何も知らせずに戻った。心を決めるのに少し時間が掛かってしまい、夜半の帰宅となってしまったけれど。

「奥様!?　本日のお戻りとは存じ上げず」

玄関ホールでは、珍しく慌てた様子のマーサが出迎えてくれた。

「遅くにごめんなさい、突然思い立って何の知らせもせず戻ってしまったの」

「左様でございましたか。お疲れでしょう、すぐに湯あみの準備を整えます」

「ありがとうマーサ。ジョエルは？」

マーサは微《かす》かに表情を曇《くも》らせて目を伏せた。

「奥様がご実家へ戻られた日から、こちらへはお戻りになっておりません」

予想はしていたけれど、実際直面すると思いの外動揺するものらしい。私は何とか平静を装って微笑む。

「そう、クルスはいるのかしら？」

「はい、すぐに人を遣《や》りましょうか？」

「ええ、私の部屋へ来るよう伝えて頂戴」

「かしこまりました」

自室へ戻ってソファに腰を下ろすと、どっと疲れが押し寄せた。まだだ、まだ一仕事残っている。

マーサが淹《い》れてくれたハーブティーを飲みながらホッと一息ついた頃、クルスが姿を現した。

「お帰りなさいませ奥様。お出迎えもせず大変失礼致しました」

「いいえ、突然連絡もなく戻った私が悪いのよ。クルス、ジョエルはしばらくこちらへは戻らないのかしら？」

「ええと……」

クルスは何やら言い淀む。家令の彼ですらいつ戻るのか把握していないのか。

「彼と会って話がしたいの。私がジョエルのもとへ赴いても構わないわ。話を通してくれる？」

「はい、必ずお伝えいたします」

それでもクルスはしっかりと頷いてくれた。そのことに少し心が解れて私は表情を緩める。

「ありがとうクルス。お願いするわね」

クルスは一礼すると部屋を後にした。さて、ジョエルとの再会はいつになるやら。

私は重い体を引きずるようにして自室のベッドに身を沈め、そっと目を閉じた。するとドロリとした睡魔が私を引きずり込み、あっという間に暗闇へと呑み込んでいった――


――……マ……

――エマ、エマ……ぃ……

――お前が……て堪らない……

「いやっ！」

自らの叫び声で目が覚めた。心臓がドクドクと煩《うるさ》く、頬を、首筋を這う汗が不快だった。少しばかりうたた寝をしていたのだろうか。外はまだ薄暗く、夜明け前だった。

夢を見ていた。とても、とても嫌な夢。ああ、頭が割れそうだわ。

フラフラしながら隣接する浴室へと向かう。ゆっくりと浴槽に浸かり、洗い髪をタオルで拭いながら部屋に戻ると、ベッドの上にジョエルが寝転がっていた。

「ジョエル⁉」

慌てて駆け寄る。一体いつからいたのだろう。まさか今日のうちに会えるとは思ってもみなかった。上から顔を覗き込んでも眠っているのか、瞼《まぶた》は固く閉ざされたまま反応がない。

そっと頬に触れてみる。十日ほど会わなかっただけなのに、ジョエルは少しやつれていて顔色も悪く、とても疲れているように見えた。

「お帰りなさい」

労《いたわ》るように触れるだけの口付けを落とす。

離れようとした瞬間、後頭部を押さえつけられて、ぐっと口付けが深くなった。

胸の奥に熱い火が灯る。まだ、私を求めてくれるの？

私はジョエルの上に乗るように折り重なって、シャツの釦《ボタン》を外してゆく。何故か震える指先がひどくもどかしい。

ジョエルは私のバスローブの紐を解いて前をはだけさせ、上下を入れ替えて私の上からのし掛かった。

私を見下ろす紺碧の瞳には既に獰猛《どうもう》な光が宿り、明確な欲を伝える。

ジョエルが私に欲情している——そのことが何故か堪らなく嬉しかった。同時に今すぐ深く繋がりたいという強い欲が湧き上がる。

「抱いて、ジョエル。あなたが欲しい……」

切なく震える唇をジョエルに押し当てた。すると粘膜を犯すように熱い舌が割り入ってくる。ザラザラとした感触が上顎を、舌の根をねっとりと嬲《なぶ》って、背筋を撫で上げる指先がじわじわと官能を高めていく。

「あ……ん、ぅ……」

キスだけで達《い》ってしまいそうだった。ジョエルと触れ合っているだけで体が、心が熱く昂ぶっていく。こんなことは初めてだ。私はきっとジョエル以上に発情していた。

でも、何故かジョエルは中々体に触れてはくれなかった。どうして、と焦れるように固い胸板に乳房を押し付ける。

「ジョエル……お願い」

もどかしい、何もかもがもどかしい。早く、早く私を奪って——

ようやくジョエルの大きな掌が撫でるように乳房に触れる。敏感な先を指先で摘《つ》ままれただけでズクリと下腹が鈍く疼いた。

「あぁ……」

体がどうしようもなくジョエルを求めている。どうして？　あんなに嫌っていたのに。ひたすらこの関係の終焉《しゅうえん》を願っていたはずなのに——

熱い舌が、唇が私の体中を狂おしいほどに這い回る。所構わず吸い上げながら、ジョエルはカンバスに花を描くように私の体に大小の痕を刻み付けてゆく。

これは、戯《たわむ》れと呼ぶには明らかに度を超えていた。チクリチクリと小さな痛みを感じるたび、私の混乱は深まっていく。

わざわざ遠ざけて執拗に試そうとするくせに、嫌いで心底憎んでいるくせに、どうしてあなたはこんなにも私を求めるの？　本当は離れたいのでしょう？　マリカを愛しているのでしょう？

「……っ！　ああっ……いやっ！」

ついにジョエルの手が私の足を大きく割り開き、熱い唇で敏感な芽を食《は》む。舌先で舐め転がし、包皮を剥《む》く。更に敏感になったそこをジョエルは慎重に唇で挟んで優しく舌で嬲《なぶ》った。腰が跳ね、背はしなり、声にならない声をあげて私は達した。

ほんの一瞬意識を飛ばしてしまったらしい。気付けばそこにはジョエルの猛りが押し当てられていた。

いつもは一気に貫くくせに、今日はやけにもどかしく焦らす。達《い》ったばかりのそこはヒクヒクといやらしく蠢《うごめ》いて、ジョエルを呑み込もうと待ちわびる。

そんなことは分かり切っているくせに、ジョエルは浅い所を緩く擦るだけで、満たされない欲がジワジワと膨れ上がる。そんな焦らしに負け、私はついに縋《すが》るようにジョエルの肩にしがみついた。

「ジョエル……おね、がい……欲しい、あなたが今すぐ……あぁぁっ！」

言葉と同時に、ズンと奥まで一突きされる。それだけで目の前がチカチカと爆ぜた。嬉しくて、気持ちが良すぎて涙が溢《あふ》れる。

「何故……泣く」

「気持ち、んっ……良すぎ、て……」

ジョエルの首根に腕を絡《から》ませると、ジョエルは私の顎を持ち上げ、再びかぶりつくように舌と舌とを絡《から》めた。上も下も深く深く繋がり合っている今、私はジョエルだけのもの。そして私だけのジョエル――

そう考えただけで私の中は大きくうねってジョエルをきつく締め上げた。ジョエルの顔が苦しげに歪む。

「くっ……」

そんな顔すらも綺麗だと思った。ずっと見ていたいと。叶うはずがないって、誰より分かっているのに。

ねえ、この気持ちは何と呼ぶの？

愛と呼ぶには仄暗く、恋と呼ぶには痛すぎる。私はこの感情の呼び名を知らない。

ただ嬉しい。

求められることも、抱かれることも。私があなただけのものだということも。

全部全部嬉しい、ただ嬉しい、それだけだわ――

ジョエルが私の中で爆ぜる。孕《はら》めと言わんばかりに最後の一滴まで注ぐように腰を深く入れる。

まだ離れたくなくて、私はジョエルの腰に足を絡《から》めた。

強く私を抱きしめる熱い腕に目眩《めまい》を覚えるほどの多幸感。

ジョエル、胸が痛いわ――

一筋頬を伝った涙の意味を、私は知らない。


サラサラと頬にかかる髪の感触で目が覚めた。

「あ……」

起きていたらしい傍らのジョエルは、片肘をついて寝そべりながら私の髪をクルクルと指で弄《もてあそ》んでいた。その何気ない仕草に思わず笑みが零れる。こんな寛いだ様子のジョエルは初めて見た。癖のない銀髪が額に、頬に落ちかかっていて、そのどこか乱れた様がなんとも気だるげな色香を漂わせている。

こんな美しい男にあんなにも激しく求められたのだ。下腹に残る感触に胸がトクリと音を立てる。

ジョエルの腕の中に滑り込むと、抱え込むようにぎゅっと抱きしめられた。

触れ合う素肌が心地いい。でも今は、いつか失うぬくもりであることが無性に悲しく切なかった。かつての私はあんなにもジョエルを嫌っていたというのに、本当にどうしてしまったというのか。

そっとため息をこぼして覚悟を決める。決着を、つけなければ。夢の終わりを始めよう――

「ジョエル……」

私の囁きに答えるようにジョエルは身じろぐ。

「教えて欲しいの、マリカ・クリフォードのこと」

「……何故だ」

「あなたの愛人だと噂があるわ。あなたが本気で彼女を愛して——」

いるのなら、と続けようとした言葉はジョエルの怒声に呑まれた。

「俺がマリカを？　ふざけるな！」

殺気すら孕《はら》んだジョエルの怒りに体がビクリと震える。恐る恐る見上げると、ジョエルの瞳は怒りで赤く染まっていた。どうしてそこまで怒るのかが分からず心底困惑する。今はどうであれ、以前は共に暮らすほど愛していたはずだ。

「ジョエル、どうしてあなたが怒っているのか分からない。マリカはあなたにとって……」

「……妹だ」

何を言われているのか分からず一瞬ポカンとする。

「認知はされていないが、父が隣国の娼婦に産ませた子、それがマリカだ」

ロヴィお兄様がマリカについて教えてくれなかった理由が分かりハッとする。

聞けば、お義父様——ジョエルの父が若い頃、外交のためラン王国へ長期滞在していた時期があった。そしてそこで懇《ねんご》ろになった一人の娼婦がいた。帰国と同時に娼婦との関係は切れたものの、その後彼女は密かに子を産んでいたのだという。それがマリカ。

母親はあまり体が丈夫ではなく、生まれるとすぐにマリカを孤児院へ預けた。そして数年後に亡くなったそうだ。

マリカは亡くなるまでは母親と密に交流しつつ孤児院で育ち、たまたま行商に訪れたクリフォード家の当主に気に入られて養子として迎え入れられた。

「何故彼女のお母様はお義父様を頼らなかったのかしら？」

「……女なりのプライドだったのかもな」

女のプライド……何となく分かるような気がした。娼婦だからこその意地、男を頼らない生き方。きっとマリカの母も誇り高い女性だったのだろう。

「どうしてマリカはクリフォード家を選んだのかしら？」

「どういうことだ？」

「マリカには予知能力があって、彼女を欲しがる人は沢山いたと聞いたわ。わざわざ隣国のクリフォード家を選んだのは何故かしら」

「……さあな」

ジョエルは疲れたように目を閉じた。そういえばこんな風に自然にジョエルと会話をするのは初めてのことだ。

——本音が知りたいならお前も本気でぶつかれよ。

ロヴィお兄様の助言のお陰だろうか。私は内心密かに感謝しながらジョエルの頬をそっと撫でた。

「マリカの側に居るのは兄として？」

ジョエルはいや、と首を振った。

「クリフォード家はランの有力貴族達と繋がっていて、マリカには隣国のスパイの疑惑がある。その上自ら出自を俺に匂わせてきた。警戒するのは当然だろう」

「何故マリカは出自を知ったのかしら」

「母親から聞いていたのかもな。俺はあの女を監視するため側にいた。それが何か勘違いをさせたようだな」

それは愛人と疑われる程側にいた、ということ。

「私を里帰りさせたのはそのことに関係があるの？」

ジョエルは開きかけた唇をぐっと引き結んだ。何か言いたくない事情があるのだろうか。けれど、これを聞き逃すわけにはいかない。もしジョエルがカレンガ邸にロヴィお兄様が来ることを知っていて、また私を試したのだとしたら――

「私はあなたに生涯の貞節を誓った。なのに……ロヴィお兄様を受け入れると、本気でそう思っているの？」

ジョエルの瞳に激しい感情が迸《ほとばし》る。そこに表れた拭いきれない私への疑念に、確信してしまった。そこまで私の貞節を疑うのはやはり――

「……ヴァルクの淫婦」

ポツリと呟くと、ジョエルの全身が瞬時に強張る。

「やっぱり、あなたにも記憶があるのね」

静かに見上げると、見開かれた紺碧の双眸《そうぼう》が私を見下ろしていた。

ヴァルクの淫婦――かつての私が呼ばれた恥ずべき二つ名。もしジョエルが貞淑で通っている今の私しか知らなければ、その言葉に反応するはずがない。

「記憶では私達は二年後に離縁して、その後私は娼館に身を置くことになる。私……あなたへの借金を返し切ることはできたのかしら？　それがどうしても思い出せなくて……」

ジョエルは蒼褪《あおざ》めたまま目を伏せた。ここにきて前世の記憶があることを隠す気はないようで、ジョエルは重々しく口を開く。

「……返せなど言ったこともなければ催促したこともない。何故律儀に送って寄越した」

「私なりの意地だったのよ。あなたにだけは負けるものかってね」

私がふっと笑うとジョエルは眉根を寄せた。

「すぐに泣きついてくるかと思えば……お前は本当に強情だった」

「そうね。あなたには私を懲《こ》らしめる意図もあったのかもしれないけれど、お陰で私は生まれ変わることができた。ありがとう、これでも感謝しているのよ」

私の言葉にも、自然と浮かんだ笑みにも嘘はない。私の世界を広げてくれたジョエルには本当に感謝している。

「お前は……」

ジョエルが苦しげに呻いた。何が彼を苦しめているのだろう？　私にはそれがどうしても分からず首を傾げてジョエルの顔を覗き込む。

「最後に俺に会ったことを……」

屋敷を出て以来ジョエルと会ったことがあっただろうか？　ここ数日前世のことを思い出そうとするたびひどい頭痛に見舞われて、止むなく断念することの繰り返しだった。

「あなたとの、最後……」

「……俺はあの日全枠買い上げて、お前に会いに行った」

全枠……有力貴族……

そこでふと夢で見たマダムとの会話を思い出す。そうだ、気前のいい偉い貴族様の予約が入ったと言われたのだ。気が進まないならやめてもいいと。

マダムに元ヴァルク公爵夫人だったことは話したことがない。でも今振り返ればマダムは全部知っていたのね、私が何者だったのかを。

ジョエルの言葉が引き金となって、次々と記憶が蘇《よみがえ》ってくる。

あの日は上客だからと念入りに入浴や化粧を施された。そしていつものように部屋に入り淑女の礼。

「お越し頂き光栄です、旦那様」

すっと顔を上げて驚いたのはほんの一瞬。私はすぐに営業用の柔らかい笑みを浮かべた。

「またお会いできるなんて思ってもみなかったわ、ジョエル」

この時ジョエルは不機嫌そうに私を睨んでいた、はず——

ズキッ。

ああ、頭が痛む。でも待って、もう少しで思い出せそうなのよ。

「良いざまだな、エマ」

「ええ、あなたのように私を笑いに来る趣味の良い殿方は本当に絶えないの。でもね、そういう方ほど熱心なお客様になってくれるから不思議なものよね」

おかしくもないのにふふっと笑うとジョエルは眉を顰《ひそ》めて押し黙った。

「公爵様のご厚情のお陰で何とか雨風を凌《しの》ぐことも、自力でお金を稼ぐこともできているわ。ありがとう、私にピッタリな場所を紹介してくれて」

本当に、あの頃の私に娼婦だなんて天職としか思えなかった。目的のために体を開くことなど造作もないこと。それに、踏みつけられた雑草は、踏まれれば踏まれるほど強く強《したた》かに根を伸ばす。離縁後の私は、分別と度胸とを身につけて生まれ変わっていた。多少のことには動じないほどに。

ジョエルはふてぶてしく微笑む私を睨みつけたまま、手首を掴んでベッドへ放り投げた。幸い私の使うベッドはかなり弾力があって寝心地抜群だ。放り投げられたとて痛みなどない。

まだこの時の私は、乱暴に抱かれるのかしら、嫌だわ、明日に響いたら困るわ、なんて呑気に考えていた。

ありがたくもなくその考えは当たっていて、ジョエルは飢えた獣のようだった。

ドレスも下着も無残に破り捨て、ジョエルは私の体中に歯形や鬱血痕《うっけつこん》を刻みながら私を無茶苦茶に抱いた。激しく奥を突かれながら、愛人が居たはずなのにどうしてこんなにも飢えているのか、と疑問が湧いた。もう何度吐精されたかも分からない。

けれど私とジョエルは今や赤の他人。そんな疑問などどうでも良い。買われた以上対価に見合った働きをする、それだけのこと。

指先で背をなぞるように抱きしめると、ジョエルは動きを止めて上から私を見下ろした。

「何の真似だ」

深く繋がりあっているというのに何の情緒もない。離縁してから三年も経ったのに、ジョエルの憎しみは今なお健在のようだ。

そんなに嫌いならどうして会いに来たのかしらね。

変わらない彼を懐かしく感じて、私はふっと微笑んだ。

「ここではあなたは私の王様。いくらでも好きにしてくださって良いのよ」

瞬間ジョエルの瞳から光が消えた。そしてありとあらゆる負の感情を紺碧の瞳に滾《たぎ》らせた後、一際大きな狂気が揺らいだ。

私は何か彼の地雷を踏み抜いてしまったらしい。一瞬で本能が悟り、諦めた。きっと自分は死ぬ――そう思った瞬間、ジョエルは私の首に手をかけていた。

「あっ……」

強い力で締め上げられる。痛い、苦しい。

「エマ……エマ！　俺はお前が憎い……ずっと憎くて憎くて……死ぬほど憎くて堪らなかった……！」

知っているわ。でもまさか殺したいほどだとは思わなかった。そんな強い感情を向けられていただなんて、私知らなかったのよ。

ああ、苦しい。

頬にポタリと雫の感触。うっすら瞳を開くと、霞《かす》む視界の向こうでジョエルが泣いているように見えた。

おかしな人。殺したいほど憎い女を手にかけて涙を流すだなんて。

いいわ、あなたに引導を渡されるのなら、それも悪くない。

唯一心残りは、借金だけは……全部返したかっ……――


全てを思い出した。ガタガタと全身が震えだす。

「エマ！」

両肩を掴んでガクガクと揺さぶるジョエルを茫然と見つめる。

「わた、し……あなたに殺され……」

私のとぎれとぎれの言葉にジョエルは苦しげに顔を歪めた。

「あなた……殺したいほど私を……憎んで、た――」

私はあんなにもジョエルに憎まれていた。殺したいほど憎まれていたのに。どうしてこんな大事なことを忘れて――

あああ！　嫌！　胸が痛い痛い痛い！

何故あのまま終わらせてくれなかったの？　何故時は巻き戻って、今私の心はこんなにもジョエルで溢《あふ》れているの？　ああ、これもジョエルの報復なのね。あなたは私の心まで殺したかったんだわ。

私、なんて滑稽《こっけい》なの。時折垣間見えるあなたの優しさのようなものに、必死で何かを見出そうとしていただなんて。ジョエルの心の奥底には、いつだって私への憎しみしかなかったのに。

「ねえ、また私を……殺すの？」

「エマ、俺は――！」

問いかけて、開きかけたジョエルの唇を掌で塞いだ。知りたくなんてなかった、こんな現実は。もう何も見たくない、ジョエルの答えなんて聞きたくもない。

「ふふ……あははは！」

バカなエマ。ただジョエルを利用するつもりがまんまと陥《おとし》いれられて。これが笑わずにいられようか。

いいわ、あなたが殺さないなら、今度は私から消えてあげる。

「さようなら、ジョエル」

にっこり微笑むと、一筋涙が頬を伝った。その感覚が徐々に遠ざかってゆく。

「エマ！」

ジョエルの悲痛な叫びを聞いたような気がしたけれど、都合のいい幻聴だったかもしれない。

世界は急速に彩りを失い、音を失い、やがて全ての感覚を失っていった。

私はこの日、自らの手で己の心を殺したのだ――

第三章　巻き戻った二度目の生

全てを思い出したエマは、感情をなくし、言葉をなくし、生きる人形のようになった。

「さようなら、ジョエル」

あの夜一筋流した涙が、エマが俺に見せた最後の感情となった。

エマが意識を失ったあと、駆けつけたクルスに命じてすぐに医者を呼んだ。

抱え切れないほどの精神的な衝撃から自身を守るため心を閉ざしている、と医者は言った。今後治る見込みがあるのかどうかも断言はできないと。

ただ、反応が返せないだけでこちらの言葉は理解しているから、できる限り話しかけてあげるように、とアドバイスを受けた。それから俺は毎日エマに寄り添う日々を過ごしている。

「エマ、今日は天気がいいな」

毎朝エマの手を引きながら庭を歩く。気の利いたことなんて言えるはずもないが、他愛もないこと、思いついたことを何でも伝えることにしていた。

心を喪《うしな》ったエマは素直に俺に手を引かれ、どこか頼りなげについてくる。俺がいなければ生きてはいけない、そんな風情に胸が詰まる。

「今日も綺麗だな、エマ」

そっと頭を撫でるがエマの表情は変わらない。

俺のエマ。俺だけのエマ。

壊れ物のように抱きしめても、エマは身じろぎ一つしない。

「寒いか？　体が冷えてるな、部屋に戻ろう」

再びエマの手を握ると、ゆっくりと屋敷に向かって歩き出した。エマの歩幅に合わせるようにできる限りゆっくりと。

部屋に戻りベッドに寝かせると、エマはすぐに眠りに落ちた。俺はそっとドレスと下着を脱がせ、寝衣に着替えさせる。そしてエマの隣に身を横たえた。

エマがこんな状態になってから、俺は付き切りで側にいる。

一度エマが寝た後、少し部屋を離れたことがあった。戻るとエマが身を起こして静かに涙を流していた。慌てて駆け寄ると、濡れた光のない瞳がじっと俺を見ていた。

まさか俺が居なくて不安だったのか？　お前はこんなになっても俺を必要としているのか？

堪らなくなって俺はエマを抱きしめた。

本格的にエマに付き添うため、俺は覚悟を決めて職を辞したいと国王陛下に申し出た。だが許しは得られず、結局休暇扱いで保留のままとなっている。

不本意な状態ではあるものの、ひとまずある程度の時間だけは得ることができた。その日を境に俺はエマから片時も離れず寝食を共にしている。

「疲れたかエマ？　今日はよく歩いたもんな」

眠るエマの頭を優しく撫でる。細くて柔らかくて指通りのいいエマの髪。俺はすっかりこの感触の虜になった。皮肉なことにエマがこんな状態になって、俺はようやく過去や己の感情と徐々に向き合えるようになっていた。

以前とは全く違う俺とエマ。

どうして時は巻き戻った？

確かにあの時俺は全てをやり直したいと強く願った。願いながら俺は——

エマの寝顔を眺めながら、俺は時が巻き戻ったあの日のことを思い返していた。

★

時の巻き戻りに気付いたのは、俺が十三歳の時だった。はじめは信じられなかった。だが、この時は無理矢理にでも理解する他なかった。だってそうだろ？　目の前には十歳のエマがいたんだ。取り乱してみっともない姿など見せたくはない。ただでさえあの時の俺はエマに嫌われていたのだから。

何の因果か俺が巻き戻ったのは、兄を亡くし、繰り上がるようにエマの婚約者にさせられ、初めて彼女に引き合わされたあの日だった。眩《まばゆ》い蜜色の髪を両サイドで結って、どこもかしこも美しく整えられたエマは、心底不機嫌そうに俺を睨んでいた。

「俺はジョエルだ。仲良くしようエマ」

差し出した手を、エマは思い切り叩いた。分かっていたことだが、バチン！　と響いた派手な音にまたしても驚いてしまった。

「お前のような卑《いや》しい血を引く者と、どうして私が！　馴れ馴れしくしないでちょうだい！　お前なんかと仲良くする気など毛頭ないんだから！」

一度目の生では俺も子供で余裕がなく、エマの言葉にいちいち傷ついて怒りを募らせていた。

しかも血筋も能力も人格も優れていた異母兄エリックとエマは仲睦まじかった。俺はそれを遠くから眺めて知っている。兄に向かってエマはいつも笑っていた。

兄のようにはなれなくても、俺だって優しくしたかったし仲良くなりたかった。だが、エマは何をしても記憶通り頑《かたく》なに俺を嫌って拒む。

所詮俺は娼婦の子。劣等感は二周目の人生でも憎悪やら嫉妬となってエマに向かった。

これればかりは二度目だというのにどうにも堪《こら》えられない。

またしても俺たちの仲は絶望的に最悪だった。

だが多少冷静に見られる今だからこそ分かることもある。エマは良くも悪くも真っ直ぐで単純だ。

俺のことも、卑しい娼婦の血を引く子だから嫌い。それだけなのだ。理解はしようとエマの態度を覆《くつがえ》すことはできそうになかったが。

それでも、エマと親しくなることを昔の俺が諦めきれなかったのには理由があった。偶然か必然か婚約の五年前に俺とエマは一度出会っている。エマは全く覚えていなかったが、その時の鮮烈な記憶が忘れられなくて、どんなに酷い言動をされようと俺はエマを心の底からは嫌うことができなかった。

エマは俺にとって手が届かないはずの美しい光だった。そんな彼女が婚約者になって意識するなという方が無理だろう。それにエマの美貌はデビュー前から評判だったのだ。周囲からも羨ましい、代わってくれとよく揶揄《からか》われたものだ。

そんな揶揄《やゆ》を鬱陶しく思いながらも、あの頃の俺はエマを妻にできることをどこか誇らしくも思っていた。

だが、そうはいっても、会えばろくに会話にもならず、エマとは前世同様ずっと険悪なまま……先行きに暗いものを感じながら、俺たちはエマが二十歳を迎える年に結婚した。

以前の初夜がどんなものだったかも良く覚えている。またあんな面倒なことをしなければならないのか。俺の心はひどく憂鬱《ゆううつ》だった。

だが義務は果たさねばならないだろう。嫌っている男に抱かれなくてはならない彼女に優しくしてやりたい気持ちもなくはなかったが、この時は面倒な気持ちの方が勝っていた。

寝室に入ると、記憶通りエマは不機嫌そうにそっぽを向いてベッドに腰掛けていた。その顔を見た瞬間、以前通り最低限の行為で済まそうと心に決めた。

特に言葉をかけるでもなく、俺はエマを抱きしめるとそのままベッドに押し倒す。エマも流石《さすが》に諦めているのか逆らうことはなかった。

やけに薄くてほとんど用を為していない寝衣を脱がせる。現れたエマの裸身は薄暗がりの中にあっても艶めいて美しい。

そして何より、キッと俺を睨みながらもどこか不安げな眼差しが嗜虐心をそそった。

エマ、お前はこれからあれだけ蔑《さげす》んで嫌った男に蹂躙《じゅうりん》されるんだ。

前世の自分と今の自分との心情が重なり、昏《くら》い愉悦に心が躍る。

寒さのためか小さく震える乳房を掌で掴むと、エマの喉がひっと鳴った。だが構わずにそのまま揉みしだく。エマの胸は大きく柔らかくて力を入れるたび掌を押し返す弾力が堪らない。

この国では小ぶりな胸が美しいとされていたが、俺はエマの豊かな胸を好ましく思った。見た目、感触、感度、そのどれもが俺の劣情を激しく煽《あお》ってどうしようもない。

夢中で尖《とがり》ごと捏ね回して、もう片方を口に含む。その途端エマは「あっ！」と小さく啼いた。

別に気持ちよくしてやろうなんてこれっぽっちも思ってない。ただ好き勝手に触れて突っ込んで終わり。

そのはずだったのだが――

「痛っ……！」

濡れてはいるがろくに解してもいない膣に無理やり捩《ね》じ込むと、エマは明確な悲鳴を上げた。

半ばほどで一旦動きを止めると、エマは俺の背に腕を回してふっと力を抜いた。

途端呑みこまれるように俺のものはエマの中を貫く。そこで感じる違和感。前回エマはこんなことをしただろうか？

だが、脳髄を蕩かすような快感を前に違和感など霧散する。エマの中は狭く、扱《しご》くように襞《ひだ》が絡《から》みついて、堪らなく気持ちが良かった。

を見開く。

「ジョエ、ル……」

不意に名を呼ばれて目を向けると、エマは俺に向かって微笑んだ。俺は見たものが信じられず目を見開く。

さっきまで忌々し気に俺を睨んでいたというのに？

「あなたとやっと、一つになれて……嬉しいわ」

唐突に前世で最後に会った娼婦としてのエマを思い出した。この表情、この微笑み。

まさか、エマにも前世の記憶が？

いや、記憶があるならエマは俺を決して許さないはずだ。俺はエマをこの手で――

途端激流のように押し寄せる喪失感と強い胸の痛みに息が詰まった。

エマ……エマ！

ああああ！　俺は何故この痛みを忘れていた⁉

お前は本当に生きているのか？　この柔らかさも、俺を食い締める熱も全て現実のものなのか？

「ジョエル……あなたが好きよ」

耳元で熱く囁かれた言葉に理性が焼き切れた。何処《どこ》かで偽りだと分かっている。エマのことだ、何か企んでいるに決まっている。そう分かっていながらもエマの言葉は俺を狂わせた。甘く、苦く、引き攣《つ》れた心を引き裂くように。

一度では治まらず、二度三度とエマの中で果てる。その後エマが眠りに落ちても昂りは治まらず、おかしくなったかのように腰を打ち付けた。お前は俺だけのものだと執拗にその身に刻みつけるかのように。二度と失うものか。エマ……お前の破滅が運命だというならば、俺は全力で抗ってやる——

媚薬でも使ったかのごとく中々引かない熱を持て余し、俺は意識のないエマを骨が軋《きし》むほど抱きしめた。

★

それから毎日のように俺はエマを抱いた。

エマは本当に生きているのか？　深く繋がって何度も確かめなければ気が済まない。

この発作のように押し寄せる衝動はあまりに病的で、心の痛みを叩きつけるがごとく荒々しくエマに向かう。

そんな俺に、エマは客を迎える娼婦のようにいつも美しく微笑んでいた。

お前の言動は以前とあまりに違い過ぎる。やはり記憶があるのか？　ならば怒りもせず俺に偽りの愛を囁く意図は何だ？

俺はエマの真意を探るため、前世と同じようにエマと険悪なジョエルとして振る舞うことにした。

だがどうしてもエマを求めることを止めることだけはできなかった。

今日も愛おしげに俺の名を呼ぶ声の甘さがジワジワと俺を狂わせる。

一度として優しく抱けたことなどない。労《いたわ》る余裕もなく深く繋がって、エマがここに居て、生きていることを確かめなければ気が収まらない。

病的に求める己を正当化するため、孕《はら》ませるまで抱くのだとエマには告げた。同時にエマと子を儲《もう》ける——そんな未来も悪くないと思った。

かつて『ヴァルクの淫婦』と呼ばれるほど男を渡り歩いたエマだったが、今回そんなことをさせる気は毛頭ない。この美しい体を数多《あまた》の男達が好きにしたのかと思うと腸《はらわた》が煮えくり返ったものだが、今生《こんじょう》は俺だけのものだ。誰にも触れさせるものか。

「愛してるわ、ジョエル」

今夜もエマの嘘つきな唇を貪《むさぼ》るように奪う。本当にお前はどこまでも憎たらしくて俺を苛立たせる天才だ。

偽りだと分かっているのに、以前には決して得られなかった甘さが、柔らかさが俺をおかしくした。

ガツガツと奥を穿《うが》ちながら乱れるエマを腕に閉じ込める。

かつてエマと関係した男達を俺は全て把握していた。その中の幾人かはわざわざ俺に耳打ちしたものだ。奥方の具合は最高で忘れられないと。その度俺がどんな思いをしていたか、お前は知らないだろう。

その時のドス黒い感情が押し寄せて、真っ白なエマの肌の至る所に噛み跡を残す。足りない、まだ足りない。こんなものではない。到底許せない、憎い憎いエマ。

ああ、前世の感情に引きずられて、俺は時折お前を滅茶苦茶に壊してしまいたくなる。

エマ……エマ、エマ。

いつだって俺の中は狂おしい程お前で溢《あふ》れている――

「ジョエル、二日程実家に帰ることを許してくださる？」

閨《ねや》での男は隙だらけだ。その日も貪《むさぼ》るようにエマの体に耽溺《たんでき》していた俺は、唐突に不意打ちを食らって気分を害した。

セドリックが心配だから実家に帰りたい、だと？

俺はその時真っ先にユーレンの顔が頭に浮かんだ。幼少時からカレンガ家に仕え、エマとは親しく睦まじいあの男。前世では特に深い関係にもあった。

今世でもエマは『ヴァルクの淫婦』として生きるつもりか。苛立つままギリと乳房を掴んで先に歯をあてると、エマは小さく啼いて背をしならせた。あの男の前でも、こんな風に啼いて乱れたのか？　戯れに好きと囁いて微笑んで――

その様がやけに鮮明に脳裏に浮かんで、怒りと共に心臓が激しい痛みに襲われる。

ああ、おかしくなりそうだ……時が戻ろうと消えることのなかったこの痛みは、憎しみは、日々膨れ上がって俺を苦しめる。いつか正気を失い、また俺は同じ過ちを繰り返すのだろうか。

そう考えた時、不意に自嘲の念が込み上げた。

バカな、まだこれからだ。エマを他の誰の手にも渡すものか――

エマの目的が真実セドリックであれ、本音はひと時でもここを離れることを許したくはなかった。

だが無理矢理気持ちを切り替えて、エマが何を目論《もくろ》み企んでいるのか、泳がせて探ってやることにした。

「……一日だ。それ以上は許さない」

これが今の俺の最大限の譲歩だった。エマは喜んでみせるが俺の気は全く晴れない。

だからエマの体をうつぶせに腰を抱え上げ、後ろから獣のように穿《うが》ってやる。そうしてそのまま胸に燻《くすぶ》る思いを激しく叩きつけた。だが、そのたび甘く喘ぐ声に煽《あお》られて、更に苛立ちは募った。

欲の全てを吐き出して後ろから抱きすくめ、そのままベッドに倒れこむと、エマは俺の手に恋人のように指を絡《から》めてきた。

「好きよ、愛してるわ……」

お前の言葉など信じられるものか。俺を嫌いだと、汚らわしいといったその口で愛しているだと？　笑わせるな。

「あっ……」

だが——甘く囁かれる偽りは、俺の心を掻き立て惑わせる。

湧き上がる苛立ちを抑えつけるよう、俺はエマの手を握り込み、肩口に強く歯をあてた。

翌日エマはカレンガ家へと戻り、結婚以降初めて一人で寝る夜を過ごした。やけにベッドが広く感じる。

思えば初夜から毎日のようにエマを抱いて、気の済むまで好きにして眠りに落ちる日々だった。

我ながら常軌を逸していると思う。使用人たちが俺をどう見ているかも当然知っている。マーサには直接苦言も呈された。

「このままでは奥様がお体を壊してしまわれます。あれだけお美しく魅力的な方ですので気持ちは分かりますが……もうすこし自重くださいませ」

返す言葉もなかった。俺がおかしいことなど痛いほど分かっている。だが、エマは一度たりとも俺を拒まなかった。あまつさえ娼婦のように微笑んで、好きだ、愛してると偽りを囁く。

ああ、全て偽りで構わないんだ。お前が何を企もうと好きにするがいい。だが離れることだけは許さない。決して――

俺はただエマの生を確かめたくて、何度も何度もあるはずのないぬくもりを求めては手を伸ばした。そしてその度空を切る虚しさに、まんじりともできない夜を過ごした。

次の日、エマが戻ったのは夕刻過ぎだった。カレンガ侯爵もセドリックもエマを溺愛していたから、ギリギリまで引き留められたことは想像に難くない。程なくして執務室をエマが訪れた。

「遅くなり申し訳ありません。ただ今戻りました」

優雅にドレスの端を摘《つ》まんで膝を折るエマ。俺はわざと書類に目を落としてエマのほうを見ないようにした。見なくても、充実した里帰りであったことが雰囲気から窺えて、一睡もできなかった昨夜の己がひどく滑稽《こっけい》に思えた。

「お仕事の邪魔をしてしまってごめんなさいジョエル。私は部屋に――」

だが、エマが立ち去ろうとした瞬間に、抑え込んでいた衝動が弾けた。立ち上がって、エマの顎を捉えて上向かせる。美しいヘーゼルの瞳が澄んでキラキラと輝いていた。その瞳の中に俺の姿を見出して、吸い込まれるようにエマに口付ける。

ああエマ、俺のエマ……

下唇を食《は》み、舌を吸って絡《から》め扱《しご》く。それだけで下腹が熱く滾《たぎ》った。

「待ってジョエル……先に湯あみをしたいわ。今はこのくらいで、許して？」

エマが珍しく困惑気味に俺を止めようとするが、待てる訳がない。お前は俺のものだと、確かに生きてここにいるのだと今すぐ確かめなければ。

戸惑うエマに構う余裕などなく、俺はエマを執務机にうつ伏せにし、ドレスを捲《まく》り上げ下着の中に指を入れる。

「……っ！　まっ……ジョ、える」

キスだけで、エマはこんなにも濡れていた。ぐちゅりと水音を響かせながら俺の指を難なく奥深くまで受け入れ、熱い肉襞は歓喜するようにヒクヒクと蠢《うごめ》いていた。自分でも驚くほど余裕がない。まんじりともできない夜がこんな獣を育ててあげてしまった。

俺は心の急くままエマを抱き上げて、執務室に隣接する簡易休憩室のベッドに横たえる。

「ジョエル……」

瞳を潤《うる》ませ、不安げに俺を見上げるエマ。万が一にも拒絶し否定する言葉など聞きたくなくて、俺は深くエマの唇を塞ぎながら邪魔なドレスを、下着を奪って床に放り投げた。そうして昨夜の懊《おう》悩《のう》を全てぶつけるように、何度も何度もエマを抱いた。

翌朝目覚めた時、エマは部屋に居なかった。いつ居なくなったかも分からない程熟睡していたらしい。

再び目を閉じると昨夜の生々しい情事が蘇り、余計に一人きりの虚しさが募った。

気持ちを切り替えようと浴室へ行き、軽く汗を流して街へ出ることにした。特に目的はなかったが、今日は久々の非番で、とにかく気分転換がしたかった。

「団長？」

馴染みの武器屋の前を通りかかった時、聞き覚えのある声に呼び止められた。振り返ると、ピンクブロンドの髪がふわりと風に舞う。部下のマリカ・クリフォードが俺を見て嬉しそうに笑っていた。

「偶然ですね！　お買い物ですか？」

「ああ、まあ」

曖昧に頷くと、マリカは強請《ねだ》るように俺を見上げてきた。前世でもよく見たその表情は世間一般には愛らしいのだろうが、今の俺にはただただ不快でしかなかった。

「ご一緒しちゃ、ダメですか？」

「いや、もう帰るところだ」

休日までマリカの相手をするくらいなら、屋敷に居て悶々《もんもん》としている方が遥かにましだ。

「それなら少しだけ、付き合って頂けませんか？　私新しい剣が欲しくて……是非団長に選んで欲しいです。ダメですか？」

本音は嫌だ。だが今はまだマリカと良好な関係を保つ必要がある。俺は内心舌打ちをしながら、公務用の微笑を張り付けた。

「ああ、俺で良ければ」

「やった！　ありがとうございます団長！　嬉しいです！」

無邪気にはしゃぐマリカと連れ立って店に入る。そしてわざと装飾性より実用性を重視した武骨な剣ばかりを勧めたのに、マリカは嫌がる風でもなく、なんと喜んで買い求めすらした。

当てが外れて心底うんざりする俺の横で、嬉しそうに今しがた買った剣を大事そうになでるマリカ。

「やっぱり団長の目利きは確かですね。お陰で良い買い物ができました」

「役に立てたなら何よりだ。すまないが、俺は用があるのでこれで」

「ああ、待ってください！　途中までご一緒しちゃダメですか？」

「構わないが……」

俺の本音など知る由もないマリカは、嬉しそうに腕を絡《から》めてきた。鳥肌が立つような嫌悪感を必死に押し隠しながら、俺は敢えて咎《とが》めることはしなかった。

「ねえ、団長は運命って信じますか？」

「運命？　そんなもの、誰が決めるんだ」

「人は神とか大いなる意思とか言いますけど、実際はどうなんでしょうね」

「お前は、どう思うんだ？」

マリカの答えには正直興味があった。この女は色んな意味で普通ではないように思われたからだ。

「誰が定めているのかは知りませんけど……抗う力がある者と、ない者が存在するように思います」

「抗う力？」

マリカはそれには答えず含み笑いを浮かべた。無垢《むく》な少女然としたマリカの印象が一気に塗り替わる、そんな笑みにゾッとしながら、顔には出さないよう無表情を取り繕《つくろ》う。

「まるでこの世に選ばれし者でもいるような物言いだな」

「ふふ、そうですね。この世は不平等で理不尽ですから、そういう者もいるかもしれませんね」

まるで己が選ばれし者とでも言いたげだな。俺は皮肉な笑いが込み上げるのを必死で堪《こら》えた。

いずれその化けの皮を剥《は》いでやる。決して逃がすものかマリカ・クリフォード。

マリカのお陰で想定より帰りが遅くなってしまった。屋敷へ戻るなり待ち構えていたらしいクルスが出迎える。

「お帰りなさいませ、旦那様」

「ああ、何かあったのか？」

「奥様が旦那様との面会を希望されております」

「エマが？」

心が騒ぐ。エマが俺に会いたがっている？

「はい、何やらお急ぎのご様子でしたが」

「分かった」

クルスにうなずき、俺はすぐにエマの部屋へと向かった。もう先ほど別れたマリカのことなど頭から綺麗さっぱり消え失せていた。

ノックをしても返事がなかったので、勝手にドアを開けて部屋に入る。どこだ？　部屋を見渡すと、日当たりのいい窓際のソファでうたた寝をしているエマが目に入った。

斜めに差し込む柔らかな日差しを浴びて、蜜色の髪は光の束を集めたように輝いていた。綺麗だ。絵画のようなその光景に束の間見惚れる。暫《しば》しその場に呆然と佇んでハッと我に返った。

そんなところで寝ては風邪をひく。俺はエマを起こそうと細い肩を掴んだ。

「あ……」

「こんな所で寝るな」

いつもながら不機嫌極まりない物言いだったが、エマは俺の顔を見るなり感極まったように抱きついてきた。

「あなたを待っていたの。お帰りなさいジョエル！」

何故かこの時のエマには偽りが感じられなかった。真実俺を待っていた、そう聞こえて思わずエマを抱きしめ返していた。何だか調子が狂う。

「……俺に話があるんだろう」

エマは頷くと不審なノートを見つけたと言って不安げに手渡してきた。

革製で錠のかけられた、いかにも曰くありげなノート。既に、カレンガ家を破滅に導くウラニ子爵周辺への調査を進めていたので、ある程度中身に見当はついた。だがこの中身をエマが知ることによって、ユーレンを追い詰めるさらなる一助になるだろう。その時のユーレンの心情を思うと今から愉快で堪らない。すぐに鍵の手配をしようと頭の中で算段する。

すっかり気分を良くした俺は、喜び泣き濡れるエマをソファに組み敷いた。こんな俺を信じ、よくぞ頼ろうと思ったものだ。そしてそんなエマの愚かさを、堪らなく愛らしく感じて戸惑う。

その愚かさは、悪くない——

「ジョエル、ありがとう」

何度も感謝を伝える柔らかい唇を、じっくりと食《は》んで味わいながら塞いだ。


俺が娼婦の息子であるとの誹《そし》りを受け、前世ではひたすらエマの不貞を見せつけられた社交界。そんな憂鬱《ゆううつ》な場には良い思い出がない。できる限り避け続けていたが、先だって陛下より直々に夜会出席の命を受けた。ラン王国の客人であるクローヴィス殿下が主賓とあって、王家の騎士団長である俺が出席しないのは示しがつかないと、国の威信をかけた力の入れようだった。

前世でこんな夜会はあったたか？

記憶を辿《たど》る限り思い当たらない。そもそもクローヴィス殿下がこの時期来ていた、という記憶すらない。過去は必ずしも一様ではないということなのか、それとも忘れているだけなのだろうか。

それを確かめる術《すべ》などありはしないが。

この変化が果たしてどんな意味を持つのか——

俺は暫《しば》し詮無き思考の海に沈んだ。だがそれは結局不毛な堂々巡りに終始するしかなかった。

一個人の感情で夜会を蹴るなどできるはずもなく、エマに夜会出席の旨を告げる。するとエマははじめ戸惑っていたようだったが、俺を拒むでもなく、どこか嬉しそうに準備を調《ととの》えていた。

そして迎えた今日、エマは体ごとしなだれかかるようにぴったりと俺に寄り添う。

「これがあなたと私のお披露目にもなるのね」

輝くような笑みを浮かべるエマに内心舌打ちしつつ、無言でホールまでエスコートする。

今日のエマのドレスは俺の瞳に合わせた鮮やかな瑠璃色《ラピスラズリ》。シニヨンに結った髪留めにも同色の飾りがあしらわれている。

ああ、忌々しい程に綺麗だ。

かつて社交界はエマの独擅場だった。蘇る記憶に胸が痛み、沸々と黒い憎しみが湧き上がる。同時に握り締めた拳にギリと爪が食い込んだ。

そんな俺の内心など知る由もないエマは、どういう訳か縋《すが》るようにこちらを見上げてきた。

「ジョエル……できるだけ、側に居てくださる？」

人間の本質はそう変わらない。社交界の女王だったお前が、か弱き乙女に擬態して何を企んでいる？

「……好きにしろ」

冷ややかに吐き捨てると、エマはホッとしたように頬を緩めた。

エマは何処《どこ》に在っても人目を引く。ホールに入るなり目敏《めざと》い数人の男どもに取り囲まれた。その中にはかつてエマと関係した面々が見えて、無意識に剣の柄《つか》に手が伸びかける。

「ヴァルク公、美しい奥方を独り占めとは狭量が過ぎませんか？　早く紹介してくださいよ」

「全くですよ。婚姻後の披露目もなく、社交界にも姿を現さず、このような美しい方を屋敷に閉じ込めるとは」

好き勝手言ってろ。俺は社交用の笑みを貼り付ける。

「ご挨拶が遅れて申し訳ない。妻のエマです」

「皆様、以後お見知り置きくださいね」

そう言って美しく礼をし、浮かべたエマの微笑は男どもを釘付けにした。

「お噂はかねがね……本当にお美しい方ですな」

「恐れ入ります。皆様すみません、先に陛下にご挨拶申し上げませんと……」

エマが申し訳なさそうに眉尻を下げると、男たちはハッとする。

「ああ、これは気が利かず……どうかまた後ほど」

「ええ、また後ほど」

エマはさり気なく俺の腕を引っ張って、立ち去るよう促した。

「失礼」

立ち塞がる男達を掻き分けるように進むと、エマは何のアピールかピッタリとやわらかな体を押し付けるよう俺に寄り添った。途端男達の視線が俺に突き刺さる。

そう、エマはいつだって美しい女王だった。馬鹿な男どもなど振る舞いひとつで思いのまま。

今のお前のように――

場慣れた様子は淫婦と呼ばれたかつての姿をいやでも思い出させる。やはりお前にも以前の記憶が？　気もそぞろなまま陛下への挨拶を済ませ、儀礼的なファーストダンスを終えたところで、エマは令嬢達に声をかけられた。

「エマ様、ようやくお会いできたわね」

「ええ、環境が変わって中々落ち着かなかったものだから」

「ヴァルク公爵様、少しエマ様をお借りしても？」

令嬢たちの問いかけに、エマは諾否を委ねるように俺を見上げてきた。

「ああ、行ってくると良い」

「ありがとうジョエル。すぐに戻るわ」

俺が頷くとエマは嬉しそうに微笑み、令嬢達と手を取り合って俺に背を向けた。エマの髪の上で踊るように揺れるラピスラズリをなんともなしに眺めていると、不意に背後に気配を感じて咄嗟《とっさ》に身構える。

振り向くとそこにいたのは騎士団の部下だった。

「団長、珍しく隙だらけですね」

「……何の用だ」

「噂の夫人を紹介して頂きたかったんですけど……タイミング悪かったみたいですね、残念」

おどけたように両手をあげる部下——ラガートを冷ややかに見下ろす。

「お前に紹介する必要などない」

「ええ⁉　ひでぇな団長。まあ気持ちは分からなくもないですけどね」

壁際で令嬢達と談笑するエマをラガートは意味ありげに見遣る。

「遠目にも凄ぇイイ女だ」

「ラガート」

俺の視線に気付いて、ラガートはひっと喉を鳴らした。

「別に見るくらい良いじゃないですか。婚約時代は仲悪いって評判だったけど、今は違うんですか？」

「それに答える必要はない」

「冷てぇなあ」

大して気にした風でもなくラガートは笑っている。公爵という肩書きや騎士団の仕事抜きで俺などに構いたがる物好きはこいつくらいなものだ。

しばらくラガートの話に耳を傾けていると、いつの間にか数人の令嬢達に囲まれていた。

「ヴァルク公爵様」

名も知らない女達。そのねっとりと絡みつくような視線にうんざりする。女達はこちらの気も知らず一方的に囀《さえず》りだした。適当に聞き流していると、突如ラガートに袖を引かれる。

「団長、あれちょっと不味そうじゃないですか？」

ラガートがクイッと顎をしゃくる。その視線の先には王太子に絡まれるエマの姿が見えた。

無類の女好きである王太子は、前世でも虎視眈々《こしたんたん》とエマを狙っていた。だが淫婦とそしられたエマにも最低限の節度はあったらしい。王太子の誘いにだけは決して乗らなかった。今のエマであればなおさら王太子の誘いに乗ることはないだろう。

そんな王太子よりも、むしろ隣の男に意識を奪われる。あれは——確か今日の主役、ラン王国のクローヴィス殿下だ。エマにとっては遠縁の親戚にあたる。顔見知りなのだろうか、エマはクローヴィス殿下を見るなり涙を流した。

胸にズキリと痛みが走る。

エマが他の男のために流す涙など見たくもない。胸の痛みに苛立ちながら、気付けば俺はクローヴィス殿下の背後に回り込んでいた。殿下がエマの背に腕を回しかけたところで、阻《はば》むようにその肩を掴む。

「妻が何か粗相でも？　クローヴィス殿下」

敢えて荒ぶる殺気を隠しもしなかった。殿下は虚を衝《つ》かれたように目を見開き、ついで両手を上げた。

「いや、粗相をしたのは俺の方、かな？　奥方を泣かせてしまい申し訳ない」

視線をエマに向けると、エマは俺に駆け寄り、とりなすように胸にしがみついてきた。

「ジョエル、クローヴィス様は幼い頃遊んで頂いたもう一人の兄のような方なの。私あまりに懐かしくて……クローヴィス様は何も悪くないのよ」

瞬《まばた》きと共にエマの瞳から涙が溢《あふ》れる。光を弾いて流れ落ちるそれに、目を奪われた一瞬が憎らしい。

他の男のために流す涙になど――

込み上げる怒りに蓋をして、俺はその忌々しい涙が早く消えてなくなるように拭った。エマは束の間目を大きく見開くと、嬉しそうに微笑む。

「ありがとう、ジョエル……」

そうやって向けられる好意めいたものが全て偽りだと分かっている。

お前はその美しい仮面の下に、どれだけ醜悪な本音を隠している？　この俺のように――

いまだ注がれるクローヴィス殿下からの視線を感じながら、俺は見せ付けるようにエマの腰を抱いて引き寄せた。

誰にも触れさせるものか。今生《こんじょう》お前は俺だけのものだ――

★

夜会から帰って二日ほど経ち、俺はエマから渡されたノートを眺めていた。

鍵の複製はすぐに完成し、検《あらた》めた中身は予想通りのものだった。前世ではセドリックを、エマを破滅させる一端となった裏帳簿。

エマが動くまでもなく、この人生ではセドリックを必ず救うつもりだった。ウラニ子爵家にも既に手の者を送り込んでいて、ドグラ商会との癒着も把握しつつある。このままいけば摘発に至るのも時間の問題だろう。

エマを罪人一族になどしてたまるか――

ユーレン、あいつもせいぜい利用させてもらおう。そうして絶望するが良い、お前の愛するエマは今生決して手に入らないのだと。

エマは俺に生涯の貞節を誓った。以前の記憶からすれば到底信じ切ることはできないが、少なくとも前世のようにエマがユーレンを受け入れることはないだろう。陥《おとしい》れられていたことにあれだけ激しく憤《いきどお》っていたのだから。

改めてパラパラとノートを捲《めく》る。エマがこのノートを差し出してきた時点で、彼女にも以前の記憶がある、その疑いが濃厚になった。セドリックが処刑される未来を知っているから、セドリックが無罪になるための証拠を必死に集めようと動いている。

以前の記憶があるから――

俺は前日王宮で会ったクローヴィス殿下を思い出す。会釈して去ろうとした俺を殿下はわざわざ呼び止めた。回りくどいことの好かない方のようで、単刀直入にエマが欲しいと言ってきた。

その瞬間腹の底から殺意が湧いたが、同時に今のエマが――俺に貞節を誓ったエマが殿下の誘いにどう応えるのか試したいとも思ってしまった。

「妻が殿下の意に沿うと首を縦に振ったなら、私から言うことは何もありません」

「その寛大な心に感謝する」

俺の答えに、殿下はそれはそれは嬉しそうに笑った。

実際エマが誓いを破ったなら、俺はどうするだろう。またエマを殺すのか？

今の俺は本当に――殺せるのか？

「……くそっ！」

エマのことを思うたび胸に湧き上がる鈍い痛みに耐えながら、俺はクルスを呼びつけた。


それからほどなくして、エマと同伴する二度目の夜会が訪れた。今回はクローヴィス殿下直々の指名によるものだ。エマが欲しいとあけすけに言っていた殿下のことを思い出し、計らずも早々にエマを試すことになりそうでただでさえ気の重い夜会が憂鬱《ゆううつ》で堪らなかった。

俺がファーストダンスを終えると、すぐに殿下はエマを連れ去った。抱きしめるようにエマをホールドする殿下を見つめながら、俺は拳が白くなるほど握りしめた。

エマを試すため、殿下の申し入れを受けたのは自分自身だ。そう自らに言い聞かせ、俺は二人に背を向けた。

「団長ぉ……腹減りましたぁ……」

エマがいないからといって、他の令嬢達の相手をする気にもなれず、さり気なく会場の警備状況を見回していると、ラガートが情けない声を上げながら縋《すが》るように俺を見てきた。今日の俺は招待客側だったので、警備の一切を副団長であるラガートに任せきりだった。恐らくろくに食事もとれていないのだろう。

俺とクローヴィス殿下のバカバカしい賭け事に巻き込まれた形のラガートに少しだけ申し訳ない気持ちが湧き、俺は顎をしゃくった。

「小一時間程時間をやる。行ってこい」

途端にラガートは、ぱあっと瞳を輝かせる。

「良いんですか!?　ああもう団長大好き！」

「気色の悪いことを言うな。俺の気が変わらないうちに早く行け」

追い払うように手を振ると、飛び上がらんばかりに喜びながらラガートは立食ブースの方へ駆け出して行った。相当腹が減っていたようだ。半ば呆れながらその背を見送り、俺は騎士の配備などを確認しつつ会場を一巡することにした。

そうして歩き回っていると突然声を掛けられた。

「ヴァルク公爵様、今宵お会いできて光栄です」

「ハイデマリー嬢……ご無沙汰いたしております」

赤銅色の巻き髪を揺らしながら、令嬢は熱っぽく俺を見つめる。正直こんな風に見られることには慣れている。自惚《うぬぼ》れではなく、俺の容姿は女性たちに非常に好まれるものらしい。愛人にして欲しい、一夜限りでも構わない、そんな誘いもこれまで信じられないほど受けてきた。いちいち相手をするのも面倒ですげなくすれば、所詮卑しい娼婦の息子と陰でそしりを受ける——いつものことだ。

はっきり面と向かって俺に嫌悪や侮蔑を露《あら》わにした令嬢は、後にも先にもエマただ一人だけだった。やはり、エマは他の女たちとは違うのだな。

ハイデマリー嬢は前ヴァルク公爵夫人の縁戚筋にあたる方だ。俺とは直接何の血縁もないが、昔から顔を合わせれば、親戚面をして非常に馴れ馴れしい。義母である前公爵夫人にまったく良い思い出のない俺は、自然ハイデマリー嬢にも余所余所《よそよそ》しくなる。だが残念なことに本人にはあまり通じていないようだ。

「婚前の噂では奥様とは不仲と聞いておりましたけれど、今日はご一緒なのですね」

「ええ、これでも何とか人並みに夫婦の真似事は致しておりますよ」

ニヤリと意味深に微笑むと、狙い通りハイデマリー嬢はぼっと頬を赤らめた。

「ま、まあ！　公爵様がそ、そのような下世話なことをおっしゃるだなんて！」

「俺もただの男ですから」

不毛な会話を切り上げたくて下品な男を演じても、どうも昔からこの令嬢には通じない。困ったものだと内心うんざりしていると、ハイデマリー嬢が、おや、という風に首を傾げた。その目線を辿《たど》って振り返ると、マリカが睨みつけるようにハイデマリー嬢を見つめていた。

一瞬垣間見えた、普段では決して見られない、憎悪を滾《たぎ》らせた昏《くら》い眼差し——

だが俺の顔を認めるなり、すぐに何事もなかったかのようにマリカは表情を和らげて一礼した。

「お話し中失礼致します。団長、警備の件でご相談したいことがありまして」

助かった、などという気持ちは些《いささ》かも湧かなかったが、俺はできうる限り心を無にして微笑する。

「分かった。ハイデマリー嬢、申し訳ありませんがこちらで失礼いたします」

「え、ええ……公爵様、どうぞまた近いうちに――」

最後まで聞き届けることもないまま、俺は足早にその場から離れた。


「お邪魔してしまいましたか？　お困りのように見えましたので」

「いや、気が利くな。助かった」

俺がそう言うと、マリカは少しはにかんだように微笑んだ。何も知らない者ならば、きっとこの笑顔を素直に愛らしいと感じるのだろう。マリカには不思議と人の目を引く華があって、その言葉には引き込まれるような力がある。

現状公《おおやけ》になってはいないが、予知能力を持つというマリカには、彼女を本気で崇《あが》める信者のような者たちがいる。その勢力はまださほど大きくはないものの、実態はマリカを絶対的な柱とした宗教のようだった。彼らはマリカのためなら何でもする、それほど妄信的だ。

早く彼女と離れたくて、俺は部下を気遣う団長の体《てい》でマリカに微笑んだ。

「疲れていないか？　ここは俺が見ているから休憩に行って良い」

「それなら団長とお話ししていたいです」

「俺は気の利いたことなんて何も言えないぞ」

「良いんです、団長の側に居られるだけで私、本当に幸せなんですから」

マリカの眼差しが、酷く熱い粘度を帯びたものに変わる。その途端、強烈に込み上げる嘔吐感に俺は必死で抗った。ダメだ、堪《こら》えろ。

さり気なく壁に寄りかかって、心を落ち着けるよう深く息を吐く。

「大丈夫ですか団長？　具合でも悪いんですか？」

「いいや、少し人に酔っただけだ。心配かけてすまないな」

「いいえ、でも団長がこんな時に、奥様は一体何処《どこ》で何をされているんでしょうね」

エマのことを話した瞬間、マリカのまだ幼さの残る顔に陰惨で皮肉げな笑みが浮かんだのを、俺は見逃さなかった。

「妻は妻で楽しんでいるのだろう。お前が気にすることではない」

「団長……奥様を信用され過ぎてはいけません。奥様はいずれ……」

わざとらしく言い淀むマリカに俺はふっと微笑んだ。

「それはお前の予言とやらか？」

マリカはきゅっと顔を引き締めて、神妙に頷く。

「そう思ってくださって構いません。私の予言は、絶対です」

マリカの言うことを聞く気はなかったが、敢えて聞くべきか、それとも――そう逡巡《しゅんじゅん》していたその時、突然腕の中に女が飛び込んできた。

「ジョエル……！」

視界を覆う金色とどこか切羽詰まった声音にハッと我に返る。エマだ、震えている？

「何があった」

俺に縋《すが》り付いて震えているエマを抱きしめて、できる限り優しく問う。こんなにも怯えて、一体何があったというのか。エマは俺を見上げて瞳を潤《うる》ませた。衆目がなければ口付けてしまいたくなるような眼差しだった。

「ジョエル私……」

何かを言いかけて、エマの視線がふと横に逸れた。そして何か恐ろしいものでも見たように大きく目を見開く。

「団長の奥様でいらっしゃいますね。お初にお目にかかります、王宮騎士団王都警備隊に所属しておりますマリカ・クリフォードと申します」

マリカが微笑むと、エマはふつりと糸が切れた人形のように俺の胸に倒れこみ、意識を失った。

「エマ!?　すまない、俺は屋敷に戻る。あとのことはラガートの指示に従ってくれ」

「はい」

頷きながらも、倒れ込んだエマを見て怪訝《けげん》な顔をするマリカに構うゆとりなどなかった。だが去り際「まだ初対面のはず、よね?」そうマリカが小さくつぶやいた言葉は、俺の耳にはっきりと届いていた。

急ぎ屋敷に戻り、馴染みの医者を呼びつける。

「特にお体に異状はありませんので、恐らく精神的衝撃によるものでしょう。一両日中に意識は回復すると思いますが、念のため滋養《じよう》のあるものをお出ししておきましょう」

「ああ、助かる」

処方された薬湯を早速マーサに煎じるよう命じて、意識のないエマに飲ませてみる。だが匙《さじ》では上手く飲み込ませることができず、口の端から溢《あふ》れてしまう。俺は苦みの強いそれを口に含むと、口移しでエマに飲ませた。今度は上手く飲み込めたようだ。ホッと一息ついて意識のないエマを見下ろす。

倒れる寸前のエマの驚愕に満ちた顔、マリカの「まだ初対面のはず、よね？」という言葉。

それらが示すことは一つだ。

マリカ、そして恐らくエマも前世の記憶を持っている――

だが、エマは何故マリカを見てこれほどの衝撃を受けたのだろうか？　マリカは俺の愛人と噂されていた女だ。当然エマも知っていただろう。前世では当のマリカに何を言われたとしても平然としていたはずだ。

なのに何故だエマ？　お前の何が変わったんだ？

エマの青ざめた頬をそっとなぞる。不意にその生気のない顔に前世でエマを喪《うしな》った記憶が蘇って、激しく胸が痛んで息が詰まった。

「はっ……くっ……」

喘ぐように息を吸い、縋《すが》るようにエマの体を抱きしめる。

「エマ……」

早く目を開けろ。その声を聞かせろ。倒れる寸前お前は何を恐れ、何を言いかけた？

「エマ、エマ……」

重く立ち込める静寂に耐えかねて叫びだしそうになる。その狂気じみた衝動に必死で抗いながら、俺はただ祈るようにエマの体を抱きしめていた。


エマが意識を取り戻したのは翌日の夜中だった。俺はその間離れることも眠ることもできず、ただエマの側に在り続けた。少しでも目を離した隙に、エマがどうにかなってしまったらと思うと何も手につかなかった。目覚めてぼんやりとしながらも、確かに俺を見つめているエマに心底安堵する。

「迷惑をかけてしまってごめんなさい……」

言われて気付く。俺の中にはエマが倒れたことを迷惑に思う気持ちなど微塵もなかったのだと。むしろ彼女がもし目覚めなかったらと考えただけで頭がおかしくなりそうだった。だが、それを言葉にすることなどできるはずもない。必死に平静を装う己が何とも無様だった。

「いや……それより倒れる直前、何か言いかけてなかったか」

エマは記憶を辿《たど》るよう視線を巡らせると、苦しげに眉根を寄せて涙を浮かべた。

「ジョエル……私を殺して」

一瞬何を言われたのか分からずに息を呑む。エマが殺せということは、貞節の誓いに抵触する何かがあったのか。極力感情を殺して、低く絞り出すように問う。

「何があった」

「私……私ロヴィお兄様と……あっ！」

クローヴィス殿下の名を聞いた瞬間、エマが目覚めたばかりであることなど気遣う余裕もなく、俺はエマの上に伸《の》し掛かり、両手を押さえつけていた。

「殿下と何をした」

エマの唇が小さく震える。

「口付けを……」

咄嗟《とっさ》に首を掴んで噛みつくようにエマに口付けた。上書きするように、その痕跡や記憶すら奪うように、俺で満たすように――唾液を注ぎ込んでねっとりと舌で啌内《こうない》を犯す。

許せない……お前は俺の、俺だけのものだ――

苦しげに呻くエマの声で我に返って、ようやく唇を離した。そして端からつと溢《あふ》れる唾液を舌で舐めとる。苦しそうに喘ぎながら、エマの瞳は灯りかけた欲と悲しみに濡れていて、瞬《また》くたびにぱたりと涙が溢《あふ》れた。

「貞節は守りきれなかった……ごめんなさい……」

これは、俺のために流す涙。

怒りも忘れて俺はただ見惚れた。かつて数多《あまた》の男たちに平然と体を開いてきたエマが、たった一人に唇を奪われただけでこんなにも苦しみ、涙を流している。他ならぬ、俺のために――

湧き上がる気持ちを何と表現すればいいのか分からない。

俺は零れ落ちる涙を夢中で舐めとる。この美しい涙を全て舐めて、俺のものにしてしまいたかった。

やがてエマの手が撫でるように俺の頬に触れ、俺は導かれるようにエマを見た。

「許して……くれるの？」

切なくも悲痛な眼差しに、痛いほど胸が締め付けられた。なんて目で俺を見るんだ。偽りのないエマは、あまりに無防備で痛々しく、思わず守りたくなるほどに儚《はかな》く頼りなかった。

エマ、俺のエマ……

俺のものだと、細い首筋から鎖骨にかけて吸い上げ痕を刻む。至るところを舐めて吸って味わいたいのに、邪魔な寝衣に阻《はば》まれ歯がゆさに苛立つ。気の急くまま長い裾を捲《まく》り上げて一気に脱がせると、エマは一瞬躊躇《ためら》うように目を伏せ、俺を見上げた。

「ジョエル……あなたも脱いで」

エマが、エマ自身の意思で俺を求めている。そのことに理性が焼き切れそうだった。早く繋がりたいと気持ちばかりが急いて、もどかしく釦《ボタン》すら引き千切るようにシャツを脱いで床に放り投げた。

そうして素肌を重ねるようにエマを抱きしめる。その途端、色んな感情が溢《あふ》れてせめぎ合って、頭の中が雑多に乱れた。怒りなのか、憎しみなのか、それとももっと別の感情なのか……それすら俺にはもう分からなかった。

エマの細い腕が俺の背に絡《から》みつく。

「ジョエル……」

その声音やぬくもりに今までとは違う何かを感じて、熱い感情が胸の奥からせり上がる。痛いほど苦しい、だが決して嫌な感情ではなかった。

エマの真っ白な肌を赤く染め上げたくて、念入りに執拗に舌で舐め味わう。吐息に混じるエマの甘い息遣いに心が、体がどうしようもないほど昂ぶる。

「い、や……ジョエルお願い、酷くして……私を罰して……っ」

一瞬拒絶されたのかと身を起こしてエマを見下ろした。だがすぐに違うと分かる。エマは真実俺からの咎めを得たがっていた。だから優しくされる方が辛いというのか。

俺はエマの目を真っ直ぐに捉えたまま、ゆっくりと自身を擦り付け、絡《から》みつく肉襞を掻き分けるように己を沈めて行った。エマは背を弓形に反らせて身をよじる。苦しいのか、気持ちが良いのか、その瞳は熱く潤《うる》んで縋《すが》るように俺を見上げる。

ああ、堪らない。

もっと本気で乱れるエマが見たくて、肉の芽を優しく押し潰すように擦る。すると中が大きくうねって俺をきつく締めつけてきた。必死で込み上げる射精感を堪《こら》えていると、エマが気遣うように俺の頬を撫でた。

「苦しい、の？　ジョエル……」

男を熟知しているはずのエマが生娘《きむすめ》のようなことを言う。その見たこともない無垢《むく》な風情にひどくそそられて、思わずふるっと頭《かぶり》を振ると滴った汗がエマの白い肌を濡らした。

「……逆だ」

計算か素かは分からないが、今日のエマはやけに煽情的だ。目覚めたばかりの彼女に無理をさせてはいけないと分かっているのに、体が、心が飢えて渇いてエマを求めることを止められない。

温かい、熱い、生きている……

隙間なく肌を合わせ、激しく腰を打ちつけて、唇を重ねて甘い喘ぎを貪《むさぼ》り奪う。

それでもまだ足りない。もっと、もっと、お前は生きているのだと、俺だけのものだと感じたい。

どうすればこのどす黒く歪んで渇いた心が満たされるのか、俺にはどうしても分からなかった。

★

エマは前世の記憶を持っている——その疑惑が濃くなっている今、俺はカレンガ家にまつわる件を長引かせる気は一切なかった。

エマが裏帳簿を見付けてから一月ほどを経て、これまで地道に集めた証拠と共に陛下に上奏し、やつらを破滅させる準備を整えた。

手始めにユーレンを少々手荒に攫《さら》って尋問部屋に招待した。正直俺が出るまでもなかったが、ユーレンには個人的な遺恨がある。だから丁重に、俺が直接迎えてやった。気持ちが入りすぎて少々やりすぎてしまったかもしれないが。

はじめは調査の証拠を見てもふてぶてしい態度だったユーレンだが、裏帳簿と共に、ウラニ子爵の思惑とエマに報告書を見せたことを話してやると、顔色が明らかに変わった。

密かに思いを寄せているエマが既にユーレンの罪を知っていること、そして実の父親に利用されるだけの人生に何か思うところがあったようだ。まあ明らかに前者の方がユーレンにはこたえたようだが。エマの性格をよく知っているからだろう。全てを知ったエマがユーレンを許すはずがない。気力を失ったユーレンは、実に呆気なく落ちた。全くつまらない。尋問官に引き渡すとユーレンは素直に自供し、持ちうる限りの証拠も提出した。

ユーレンの自白と配下に集めさせたドグラ商会との兵や武器の取引記録などもあり、ウラニ子爵は申し開きの術《すべ》もなく獄《ごく》へ繋がれた。領地財産は没収の上爵位も王家へ返上することになり、彼自身は王家への反逆の罪で数か月以内に処刑されるだろう。

芋蔓式《いもづるしき》に商会を粛清することにも成功し、国王陛下からは褒賞を賜るに至った。だが俺は、褒賞と引き換えにセドリックとカレンガ家を罪に問わないよう願い出た。本来なら容易に受け入れられることではなかったが、陛下は今回の俺の功績に報いてやると快諾され、諸侯をも黙らせた。それにより、カレンガ家は咎めの一切を免れた。

実行犯のユーレンも獄《ごく》に繋がれはしたが、協力的な態度に酌量の余地ありと、数年獄中で過ごせば赦されるらしい。だが、俺はこの件の首謀者周辺を徹底的に調べ上げた。だからユーレンが今回のこと以外にも、数え切れないほどの罪に手を染めていることを突き止めている。それを追加で上奏したら、今後がどうなるか楽しみだ。

全て終わったことを伝えると、エマは涙を流して俺に感謝した。

エマの涙は苦手だ。

俺は無理やり目の前の書類に意識を集中させて、エマから視線を逸らし続けた。

そしてそのままエマにカレンガ家への里帰りを勧める。しばらく残務処理や、あとに残ったマリカへの対応にかかりきりでここへは戻れないだろう。カレンガ家もまだ落ち着いているとは言い難いが、ここに一人で居るよりはましなはずだ。既に先方へもエマを頼むと根回し済みだ。シスコンのセドリックは大喜びだったが。

エマはそれをすんなりと了承し、受け入れた。実家へ戻れるのはやはり嬉しいのだろう。それはよく分かっていたはずだったが、空虚なものが込み上げた。離れたくない、手放したくないのは俺だけの一方的な思いだ。まさか俺は何かをエマに期待していたというのか？　バカバカしい。

不可解な自身の気持ちに蓋をして、その晩も俺はエマを抱いた。しばらくこの体に触れることはできないのだ。そう思うとどうしても離すことができず、明け方近くまでエマを啼かせた。

「じょ、エル……も、ゆるし……て」

馬鹿だなエマ。そんな懇願は俺を煽《あお》るだけだといい加減気付け。

俺の律動に合わせて激しく震える乳房を揉みしだき、先を摘《つ》まんで擦り合わせると奥がぎゅうと締まる。ああ、堪らない。本当にお前の中は素直で可愛らしい。

エマは啼き過ぎていよいよ声も嗄《か》れてしまったようだ。開いた唇からは悩ましい吐息が漏れるのみ。俺は口付けてその吐息すら奪った。

ああ、エマ……俺のエマ。

お前が今生きてここに居るのだと、片時も離れず確かめていたい。ずっとお前と深く繋がっていたい。離したくなどない――

「……っ！」

エマの中がヒクヒクと蠢《うごめ》いて俺を食い締めた。

「くっ……」

堪《こら》えきれず俺はエマが求めるまま性急に奥を突いて欲を放つ。頭が痺《しび》れるような快感に包まれながらエマの上に倒れ込むと、当たり前のようにエマは俺を抱きしめた。

温かく柔らかいエマの感触と全身で感じるエマの生。ドクドクと耳を打つ早鐘のようなエマの鼓動を感じながら、俺はそれを強く強く抱きしめた。

★

幾重にも巡らされた石塀に覆われ、完璧な防音設備の整ったこの部屋――拷問部屋が使われる機会はそう多くない。薄明りが灯されてなお暗く、陰鬱なこの部屋には粗末な寝台が一つきり。その寝台を黒ずくめの男達が三人取り囲み、寝台に横たわる女を快楽によって責めたてていた。俺はその光景に心底吐き気を覚える。

「あっあっ……！　もっと、あぁ！　いイ！　ジョエル！」

言っておくが俺は指一本触れていない。幻覚剤にも似た特別な媚薬を飲ませたマリカを、女専門の尋問官達が快楽責めにしている。どうやらマリカには男達が俺に見えているらしい。以前の記憶が蘇って、俺は情けなくも嘔吐《えず》いて咽《むせ》る。

そんな俺の異変に気付いた尋問官の一人が、気遣わしげに退出を促した。

「団長、ここは我らにお任せください。落ちるのも時間の問題でしょう」

「いや、気を逸らさせてすまない。俺に構わず続けてくれ」

尋問官は頷くと、再び無表情で作業のようにマリカを責め立てた。彼らはプロだ。自らの欲をコントロールする術《すべ》に長けている。俺も見習って学ぶべきかと自嘲しながら、頃合いを見計らってマリカに問いかけた。

「マリカ、お前はどうして俺に近付いた？」

「ああっ！　好きだから！　一目惚れだった、のよ！」

「ウラニ子爵を唆《そそのか》したのはお前だな？」

「そう、よ！　ああん！　あなたの、妻が邪魔だからっ！　どうすれば、彼女を、破滅させられるか……私知ってるものっ」

「何故お前は未来を知っている？」

「んぁっ！　三度目……私この人生……っあぁ！　だか、ら！　こんど、こそジョエルは、私のものっ！　あああ！」

やはり予知能力など嘘っぱちだ。こいつはどういう訳か同じ生を三度も繰り返していたのか。しかも今生でも、妹という忌まわしい枷《かせ》で雁字搦《がんじがら》めにするべく俺にすり寄ってきた——全身が震えるほどの殺意が湧く。妹？　俺の知ったことか。

「こいつは頭のいかれたランのスパイだ。カレンガ侯爵家を陥《おとしい》れ、ひいては王への反逆をさせようとした罪は重い。こいつを巫女《みこ》として崇め、陰で繋がっている者や余罪もあるだろう。引き続き尋問し、一月口を割らなければ処刑しろ」

「御意！」

「ああ、きっちり首を落とせよ」

輪廻の輪から外れるように。こいつを処刑した結果、万が一にも再び俺の生が巻き戻るようなことがあってはならない。

「はっ！」

背後から聞こえるマリカの甲高い喘ぎに何度目かの吐き気を覚えながら、俺は足早に部屋を後にした。

はじめは穏便に通常の尋問で済まそうとしたのだ。だが予言を装ったエマへの中傷や、妹と知りながら媚び、あまつさえ誘惑しようとしたおぞましさに堪忍袋の緒は切れた。だから最も慈悲なき方法を取ることにした。

もう容赦などするものか。

前世の俺はあまりに無能で無力だった。だが、今の俺にはこの女を捻じ伏せる力がある。そして記憶も。そのために周到に立ち回ってきたのだ。仮にマリカがすべてを自供しようともう遅い。

マリカに盛った媚薬は量を誤れば心を壊す。俺はうっかり多く入れるよう指示してしまったかもしれない。

「くくっ……」

くぐもった笑いが漏れる。マリカごときに寄せる感情など持ち合わせてはいない。だが、以前の生で俺とエマの間に亀裂を残したことは到底許しがたい。だから命で贖《あがな》わせてやる。それで終わりだ。

少しだけ気が晴れると同時に、エマの甘い声が脳裏に響く。

『ジョエル好きよ、愛してるわ』

エマ、会いたい。抱きたい――カレンガ邸でゆったりと過ごしているかもしれないが、いっそ迎えに行こうか？　そう思っていたその日の夜半過ぎ、屋敷から知らせが届いた。エマが戻って俺に会いたがっていると。

その知らせに、俺は取るものも取りあえず屋敷に戻って真っ直ぐにエマの部屋を目指した。

会いたいエマ、早く顔が見たい。

まだ夜明け前だ、寝ているかとノックもせずにエマの部屋の扉を開けると、エマはいなかった。だがベッドには寝ていた形跡がある。浴室だろうか？　俺はエマの温もりが残るベッドに身を横たえた。やがてエマの甘い香に包まれているうちに、うとうととうたた寝をしてしまったらしい。

不意に唇に柔らかい感触を感じる。夢か？　その柔らかさをもっと味わいたいのに離れようとするから、押さえつけて深く味わう。すると仰向けの俺の上に心地よい重みが加わった。うっすら目を開けると、バスローブだけを纏《まと》ったエマが俺の上に乗って懸命にシャツの釦《ボタン》を外していた。

エマが俺を求めているのか？

体に火が灯って一気に頭が覚醒する。

エマの緩く結ばれたバスローブの紐を解けばその下は裸身だった。

今すぐ貪《むさぼ》りたい。

上下を入れ替えエマをベッドに横たえる。我慢などできるものか。何日エマに触れてないと思っている。全部俺のものだと、至る所夢中で舐めて吸って噛み跡を残して。

気付けばエマの足を大きく割り開いて、秘部を舐めまわしていた。まだ小さな芽の包皮を剥《む》いて唇で挟み、唾液を含ませねっとりと舌で擦り上げれば、エマは大きく背を反らして全身を震わせた。

どうやら意識を飛ばすほど達《い》ってしまったようだ。

ぐったりと力なく横たわるエマのそこに、俺は自身を擦り付ける。入り口はぐっしょりと泥濘《ぬかる》んで、底なしの沼のように俺を誘う。

ああ、早く挿入《はい》りたい。

だが俺は敢えて浅い所を擦るに留める。さっきのようにエマに求められたい。エマ、偽りでも肉欲だけでもいい、俺を欲しがれ。

ゆるやかな焦らしに先に根負けしたのはエマだった。

「ジョエル……おね、がい……欲しい、あなたが今すぐ……あぁっ！」

欲しいと言われた瞬間貫いていた。入れただけでエマは再び達《い》ってしまった。俺を搾り取るように中は大きくうねって締め付けてくる。あまりの快感に飛びかけた理性をエマの涙が引き戻した。

「何故……泣く」

俺を見つめる濡れた瞳は、俺自身の心を映すようにひどく甘く苦くて切ない。

「気持ち、んっ……良すぎ、て……」

いつもならエマの涙は苦手だ。思考を奪い、俺をただの無能な木偶《でく》のようにしてしまうエマの涙は本気で憎たらしい。

だが――俺に感じて善《よ》がり、流す涙は悪くない。胸の奥を甘く疼かせるこの涙はひどくそそる。

ああ、エマ、エマ……

首筋にしがみついて口付けを強請《ねだ》るエマの望みを叶えてやる。舌を差し入れると待ちわびたようにエマは応える。荒々しく咥内を貪《むさぼ》る俺を優しく宥めるように、エマは俺の舌を柔らかく包んで扱《しご》く。

エマが俺を求め俺に応える――それだけで心は昂り、エマの体を激しく突き上げるのを止めることができない。

エマと繋がる今この時は確かに現実で、唯一生を感じる瞬間でもあった。

何度生き直そうと、何度生まれ変わろうときっと俺は――

エマが眠りに落ちたあと、俺はその寝顔をじっと眺めていた。エマが起きている時はとてもこんな風に凪《な》いだ気持ちで見ることなどできない。あんなに嫌っていた俺が傍らに居るというのに、その寝顔は少しあどけなく、とても安らいで見えた。

長い睫毛《まつげ》も、通った鼻梁《びりょう》も、花弁を思わせる優美な唇も、すこし赤みを帯びた滑らかな頬も、エマを形作る全てが精緻《せいち》な人形を思わせた。

彼女の存在を確かめるように頭を撫で、頬に落ちかかっている髪に指を絡《から》め弄《もてあそ》んでいると、エマがゆっくりと目を開いた。そして俺の顔を認め、柔らかく微笑んだ。

無防備なエマの笑みを見ると妙に落ち着かない気持ちになる。エマはまだ寝惚けているのだろうか。甘えるように俺に手を伸ばし、身を摺り寄せてきた。これは素なのか、それとも演技なのか？内心戸惑いつつも、俺の腕はエマをすっぽりと抱きすくめていた。

今度こそ、俺はエマを救えたのだろうか。もう二度と、失うことはないのだろうか。

そう思いながらなだらかな背を撫でていると、しっかり目覚めたらしいエマが、覚悟を決めたように俺を見上げてきた。

「ジョエル……教えて欲しいの、マリカ・クリフォードのこと」

一瞬虚をつかれる。何故エマがマリカのことを知りたがるのだろうか。心底訝《いぶか》しんでいると、エマは最も触れられたくない核心にいきなり踏み込んできた。マリカが俺の愛人で、俺がマリカを愛しているのではないかと。

激しい怒りに目が眩む。そんな噂があることは知っている。だが、他ならぬエマの口からそれを聞くことは耐えがたかった。

今が全てを打ち明ける時なのかもしれない。お前が知りたいと願うなら、俺も覚悟を決めるべきだろう。

「妹だ。認知はされていないが、父が隣国の娼婦に産ませた子、それがマリカだ」

淡々と告げると、エマにとっては思いもかけないことだったのか、一瞬ポカンと呆けたような顔をしていた。

俺は極力感情を排し、言葉を選びながらこれまで知り得た情報を語って聞かせる。

エマはエマでマリカのことを調べていたらしい。予知能力があることや、クリフォード家の養子であることは既に知っていた。

だが、そんなことは全て表向きのことだ。俺は数年前からマリカを監視していた。あいつの信者の中に配下を紛れ込ませ、俺自身もできうる限り側で監視した。だから早い段階でマリカには前世の記憶があるのでは、との疑いを抱いていた。ほんの時折起こる前世との差異に、マリカは対応することができなかったからだ。

更におぞましいことに、マリカは兄と知りながら、男として俺が好きだったらしい。騎士を目指したのも元々は俺に近付きたかったからだと仄めかされた時はゾッとした。だが心を殺し、甘い顔をすれば油断してボロボロと情報を吐く。狡猾なのか愚かなのか、正直良く分からない女だった。

クリフォード家とラン王国の高位貴族達との繋がりも、元々はマリカを介してのものだ。マリカは孤児院時代、引き取りたいと希望する貴族達の心を、得意の予知予言とやらでガッチリと掴んでいた。

実態はマリカがランのスパイなのではない。貴族どもがマリカの手駒なのだ。だがそんなことはどちらでもいい。マリカこそ俺にとって全力で排すべき悪なのだ。どんな手を使ってでも必ず――

「私を里帰りさせたのはそのことに関係があるの？」

それは――エマの問いかける眼差しを前に、言葉を呑み込み唇を引き結んだ。エマを一人きりになどしたくなかった。もちろんその身を案じてのことだったが、俺はエマを信じきれていない。前世の記憶がどうしても俺にそれを許さない。そんな俺がエマを一人きりになどできるわけが、ない――

上手く言葉にできず黙り込む俺に畳み掛けるように、エマは更に踏み込んできた。

「私はあなたに生涯の貞節を誓った。なのに……ロヴィお兄様を受け入れると、本気でそう思っていたの？」

その言葉にマリカの存在など消し飛ぶほどの、尋常ではない黒い感情が溢《あふ》れだす。なぜここにクローヴィス殿下の名が出てくる？

いや、そんなことよりも、どうして信じられる。お前はこれまでどれだけ俺に偽りを囁いてきた？　好きだ愛していると自身すら欺《あざむ》いて。

ああ、エマ……こんなにも憎いのに、お前を失えば俺は狂い破滅する。

憎い、手放せない……お前は俺にとって甘い毒のような女――

湧き上がる激情がエマをどうにかしてしまいそうで、俺は己の腕を掴んで必死に抑える。そんな俺を見つめるエマの瞳は、場違いなほど穏やかに凪いで見えた。

「……ヴァルクの淫婦」

ポツリと小さく零された言葉を聞いた途端、沸騰しかけた血が急速に冷えてゆく。それは前世のエマの蔑称だ。エマが前世の記憶を持たない限り、知るはずのない呼び名だった。頭のどこかでやはり、と思いつつも、想像以上の衝撃に襲われた。疑惑のままであるのと、真実を突き付けられるのとでは訳が違う。

そんな俺を、エマは静かな眼差しで見上げた。何故だ？　前世の記憶があるのなら、何故こんなに瞳は穏やかなのだ？　ますます俺は困惑した。だが、言葉を交わすうちに気付く。

エマは、最後に俺と会ったときのことを覚えていない――

それはきっとエマにとって忘れていたい記憶なのだ。ならばそれを暴いてどうなるというのか。破滅への扉かもしれない。嫌な予感を抱きつつも、俺はどうしても確かめずにはいられなかった。全てを思い出してエマは何を思い、どうするのかを。

エマは俺の言葉を契機に、あの日の記憶を取り戻しつつあるようだった。そして段々と顔色を失っていき、しまいには体がガタガタと震えだした。肩を掴んで揺すると、美しいヘーゼルの瞳が焦燥にかられた俺を映す。

「わた、し……あなたに殺され……あなた……殺したいほど私を……憎んで、た――」

俺には掛けるべき言葉が見つからなかった。いや、あるはずもなかった。

「ねえ、また私を……殺すの？」

「エマ、俺は――！」

続けるべき言葉は、エマの掌によって妨げられた。だがこの時何を言いかけたのか、俺自身にも分からない。ただ、心の中は追い立てられるような焦りと苦い悔恨に満ちていた。

そんな俺を見て、エマは皮肉げに口の端を吊り上げた。その目はひどく虚《うつ》ろで、何もかもを拒んでいるように見えた。

やがてエマは狂ったように笑い出す。自身を、運命を、全てを嘲笑うかのように。ひとしきり笑うと、ふうっと深く息を吐いてエマは美しく微笑んだ。

「さようなら、ジョエル」

「エマ！」

エマの零す絶望の涙は、俺の心を深く深く切り裂いた。

ダメだ、やめてくれ！　俺の前から消えるな！

ふつりと表情を失い、そのまま意識を手放すエマを抱きとめる。

「エマ、エマ！　誰か今すぐ医者を呼べ！」

「はい！　ただいま！」

異変に気付いて駆けつけてきたらしいクルスの足音が遠ざかる。すぐに医者が来るはずだ。手早くエマの体を清め、寝衣を着せてベッドに横たえる。

俺は、また間違えたのか？　エマの破滅を回避し、ようやく以前とは違う関係を築き始めた、築けるはずだった——なのに俺はまた、エマを失ったのか？

「目を開けろ、エマ！」

何故俺はいつも間違えるのか。いつもいつもいつもいつも！

好きなだけなじって罵《ののし》って、お前にならいくら殺されたって構わなかったんだ。

「頼むから、側に……居てくれ……」

いつかのように涙が溢《あふ》れ、零れ落ち、血の気のないエマの頬を濡らす。

憎い憎いエマ。手に入らなかったお前を思う心はあまりに痛くて苦しくて、憎いという言葉以外俺には言い表せなかった。誰にも渡したくない。なのに無性に壊したくて堪らなくなる。こんないかれた感情を『憎しみ』以外に何と呼ぶのか。

俺は壊れている。そんなことは誰より分かっている。だからこんな風にエマを傷つけ壊すことしかできないんだ——

医者が来るまでの時間は、永遠のように果てしないものに思えた。

それはどれほどの時間だったか……気づけば医者がいて、手慣れた様子でエマを診ていた。そしてひととおり診察を終えると、彼は沈痛な面持ちで首を振った。

「公爵様……申し上げにくいのですが……」

「大丈夫だ、はっきり言ってくれ。妻はどうなってしまったのだ」

「相当大きな衝撃を受けられたのでしょう。お心を閉ざされていらっしゃるようです」

「どうすれば……元のように……」

医者は苦しげに目を伏せた。

「分かりません。心の傷は目視できるものではありませんので。どうか焦らず、奥様のお心に寄り添って差し上げてください」

エマの心に寄り添う——考えたこともなかった。常に俺は猜疑心《さいぎしん》に駆られ、前世に引きずられるようただ怒りや憎しみをぶつけるだけだった。そんな俺に対するエマの心、エマの思い……

俺の目が確かなら、エマは前世で俺によって命を失ったこと以上に、憎まれていたことに衝撃を受けているようだった。

俺は、お前にとって単なる憎悪や嫌悪の対象ではなかったのか？　俺に見せるその顔は、どこまでが偽りで、何が真実だったのだ？

エマ、お前の声が聞きたい。本当の、心の声が——

第四章　ジョエルの真実

苦い記憶を振り返りながらエマとの散策から戻り、ベッドへ寝かせた所でクルスがやってきた。

「旦那様、庭師のロンがお会いしたいと言っておりますが」

いかがいたしますか、とクルスが問いかける。

ロン……あの男もかつてエマと関係していた。だがロンだけは他の男達と違い純愛だった。何も求めず、ただ一途でひたむきな愛情をエマに傾けていた。

だからロンにだけは他の男達とは違う痛みを感じる。俺などではなく、こんな男と結婚していたなら、エマは淫婦と呼ばれることもなく幸せになれたのだろう、と。

「……通せ」

クルスと入れ違いに恐縮しきりなロンが小さな鉢植えを持って現れた。

「旦那様にこれをお届けに参りました」

「俺に？」

「はい、花が咲いたら旦那様にお渡しするようにと、奥様がご実家に戻られる際に託されておりました」

ロンから手渡された鉢植えを困惑しながら見下ろす。花弁が赤くて丸い、全体的にコロッと丸くて可愛らしい花。名前など俺が知るはずもない。視線をあげると、万事心得たとばかりにロンが頷いた。

「パンジーという花です。奥様は開花をそれは楽しみに育てていらっしゃいました」

「何故これを俺に？」

ロンは少しだけ寂しさを孕《はら》んだ笑みを浮かべた。

「奥様のお気持ちかと」

「エマの、気持ち？」

「はい。花は自分が勝手に選んだものですが、奥様は興味を持たれて本などで勉強なさっていました。特に興味を持たれたのが花言葉のようです」

ロンは慈しむような優しい眼差しを花に向ける。

「パンジーの花言葉は……私を思って」

それからのことはよく覚えていない。気付けば部屋には俺とエマ二人きりになっていて、ベッドで眠るエマを抱きしめていた。

――私を思って。

その花を俺に贈りたいと願ったエマ。お前は俺の心を求めていたのか？　あんなに毎日手酷く扱われながら俺の心が欲しいだと？

馬鹿だ。お前は本当に馬鹿だ。

言葉にならない激情が込み上げて、胸が引き千切れるように痛んだ。震えそうになる体を抑えるようエマを抱く腕に力を込めると、苦しかったのかエマが身じろぐ。

「すまない、起こしてしまったか？」

光のない瞳がじっと俺を見ていた。そして細く長い指先がゆっくりと俺の頬に触れる。

「どうした？」

俺に何か伝えたいのか？　俺はエマの瞳を覗き込む。だが当然のように表情に変化はなく、形の良い唇は引き結ばれたまま。だがその指先だけは、たどたどしく俺の頬をなぞる。

何となく感じる。俺の願望かもしれないが、今のエマは俺の痛みに敏感だ。

お前はそんな細やかで優しい女じゃなかっただろう？　蔑《さげす》んで罵倒するばかりで、俺に向ける優しさなんて一欠片《かけら》も持ち合わせてはいなかったじゃないか。

「男は馬鹿な生き物なんだ。都合よく解釈して勘違いするぞ」

俺は苦笑しながらエマの手をそっと握る。エマの指先はいつも冷たい。温もりを分け与えるように今度はぎゅっと握る。すると気のせいかエマの表情が少し和らいだように感じた。

そんなはずないのにな。人間はいつだって見たいものだけを都合良く見ようとする。

だから反応がないエマの前で俺は饒舌《じょうぜつ》だ。馬鹿なこと、下らないこと、一笑に付されるようなことまで言葉にする。些細なことまで伝えたい、聞いて欲しい。

お前は心底呆れているかもしれないな。そもそも俺を許せないだろうが。

「ごめんな、エマ」

エマの指先が俺の手を握り返した。また何かを感じ取ってくれたのか？　俺は頬を緩めるとエマの指先に口付けた。

穏やかなエマとの箱庭のような時間。この日々は醜《みにく》く歪んでしまった俺の心を緩やかに癒していくようだった。この歪《いびつ》な穏やかさを失うのは恐ろしい。前世ではエマを喪《うしな》い、今世ではエマの心を喪《うしな》い、果てにこの偽りの安らぎまでも喪《うしな》った時、俺は正気でいられるだろうか。だが、エマは俺の心が欲しいと願った。だから俺はどうしてもお前を取り戻さなければならない。なにより俺が本当のエマに会いたい。会いたいんだ――

エマの頭を優しく撫でると、俺はクルスを呼んである場所へ先触れを出すよう指示した。

「少し遠出をしよう」

何かが変わるのかもしれないし、何も変わらないままかもしれない。それでも俺は覚悟を決めた。

「きっと俺に言いたいことがいっぱいあるだろう。お前は口を開けば俺を罵倒ばかりしてたもんな」

今となってはどれもこれも他愛ないものだった。俺達は単なる政略結婚で、不仲な夫婦だった。婚姻後妻が夫以外と自由に恋愛することだってあまりにありふれたこと。

だが、本来なら俺はそんなことをさせるつもりは微塵もなかった。なかったんだ――

以前の生は掛け違えた釦《ボタン》のように全てがちぐはぐに狂っていた。その歪みは俺を、全てを最悪の結末に導いた。エマの美しく澄んだ瞳を真っ直ぐに捉える。俺の心が欲しいというエマ。ならばくれてやる、俺の全てをお前に。

夕刻過ぎの歓楽街は人の往来が激しい。目的の場所から少し離れた所で馬車を停め、いつものようにエマの手を握って歩く。賑やかな往来にあってもエマの表情は変わらず、視線はぼんやりと虚《うつ》ろで足取りもどこか覚束ない。

目的の店に着くまでゆっくり歩く中、客引きやら商売女にうっとうしいほど絡《から》まれた。連れがいる、とエマの存在を示せば皆さざ波のように引いていく様が何とも滑稽《こっけい》でおかしかったが。

「お前が一番綺麗だから当然だよな」

エマの瞳がすっと嬉しそうに細められた気がしたのは、きっと俺自身の願望が見せた幻だろう。

目的の店は歓楽街の中にありながら、貴族の邸宅のように豪奢《ごうしゃ》な店構えをしている。扉の前に立つ隙のない男にヴァルク家の紋を示す。男は恭《うやうや》しく一礼して重々しい扉を開いた。

店に入ると、わざわざオーナーであるマダム自らが迎えてくれた。四十半ば程と聞いているが、今なお若々しく品のある美貌は健在だ。

「お待ちしておりましたわ、ジョエル……いえ、ヴァルク公爵様」

「無理を言って申し訳ない、マダム」

マダムの真っ赤な唇が緩やかな弧を描く。

「他ならぬ貴方様の頼みですもの。皆も特別休暇だと喜んでおりますわ」

ここはさる高級娼館だ。今日、俺はこの場所を一晩買い上げた。娼婦は不要なので皆好きに過ごすようにと言ってある。

「マダムも休んでください。後はこちらで適当にさせて頂きます」

マダムは微笑んだままゆったりと頷くと、視線をエマに向けた。俺はエマの腰を抱いて引き寄せる。

「妻のエマです」

「エマ……様。なんてお美しい方……どうか大事になさってくださいませ」

マダムはどこか懐かしげな笑みを浮かべると、エマを優しく抱き締めた。エマの指先が一瞬ピクリと震える。

「世界は理不尽と残酷に満ちているけれど、大丈夫。公爵様があなたをきっと守ってくださるわ。いつかあなたの悲しみの氷が溶けますように」

祈るようにマダムはエマと額を合わせた。エマは無表情のままじっとマダムを見ている。マダムは労《いたわ》るようにエマの頬を撫でると、部屋で休むよう促した。

俺はエマを連れ、最上階の特別室に足を踏み入れた。前世でも訪れたあの部屋だ。

「少し遠出したから疲れただろ？　今日はここでゆっくり休もう」

エマのドレスをそっと脱がせていく。きつく締めあげられたコルセットを外してやると、真っ白なエマの素肌に赤い筋が走っていた。俺はその痕を指先でそっとなぞる。

「痛かったか？」

エマは寒さのためかフルッと体を震わせた。風邪をひかせてはいけない。急いでエマを抱き上げると、隣接する広い浴室へと向かった。

エマの入浴も今ではすっかり手慣れたものだ。ただ気を抜けば劣情が暴れ出すので、できる限り無心を心がける。辛くないと言えば嘘になるが、エマの世話は何一つ苦痛ではない。

ゆっくりと二人で湯に浸かったあと、寝衣を着せて、長い蜜色の髪をバスタオルに挟んでトントンと叩く。

根気よく乾かした後、髪に櫛《くし》を通すと、気分が良いのかエマの表情はとても和らいで見えた。

俺とエマの優しい時間。砂上に築かれた偽りの安らぎ。

俺はエマをベッドに寝かせると、隣に寝そべって顔を覗き込む。エマは既に眠たいのか瞼《まぶた》がトロリと落ちかかっていた。

「エマ、覚えてるか？　ここは前世でお前が身を寄せていた娼館だ。俺はこの部屋で最後にお前と会ったんだ」

エマの頭を撫でながら、俺は何から話そうかと苦い前世に思いを馳せた。

★

一度目の生は正直、俺にとって思い出すこと自体厭《いと》わしくて仕方がない。何一つ誇れるもののない、陰鬱で無様なだけの人生だった。だがもしお前が本当の俺をと望むのであれば、どうしても話さない訳にはいかないだろう。

俺と母は、ヴァルク公爵家の薄暗い別邸で息を潜めるようにして暮らしていた。

母は元娼婦だ。男の歓心を買うことにしか興味のない女で、普段は俺になど無関心。寄れば邪険にするが父の前でだけは母親面をする、そういう女。俺はそんな母も、母に良く似たこの顔も嫌で堪らなかった。

ヴァルク家では誰もが俺たちを軽蔑し見下していた。特にヴァルク公爵夫人から向けられる嫌悪と憎悪は凄まじく、特別な許しがない限り俺と母が本邸へ行くことは許されていなかった。

人の出入りが激しい本邸に比べ、別邸を訪れる者といえば母との逢瀬に訪れる父か、時折夫人の目を盗んでやってくる心優しい異母兄《エリック》くらいなもの。暗澹《あんたん》たる影のように閉ざされた世界が俺の全てだった。

そんなある日、庭に珍客が現れた。

「あなた誰よ」

初めて見る自分と同じ年頃の少女。だがいきなり人の家に現れておいて、不信感丸出しってどういうことだ？　そっちの方がよっぽど不審者だろうが。俺はこの侵入者の傍若無人《ぼうじゃくぶじん》ぶりに苛立った。

「お前こそ誰だ。ここは俺の家だぞ」

「そうなの？　ならあなたが私の婚約者なのかしら？」

少女の言葉に俺は首をひねった。

婚約者？　俺にそんなものはいない。ならば兄の婚約者か？　こんな生意気なやつが？

「でももっとうんと歳が離れてるって聞いていたから違うかしらね」

うーんと首を傾げる様は認めたくないが愛らしい。太陽と同じ色に輝くフワフワの金髪、緑がかった大きなヘーゼルの瞳——本邸から迷い込んだせいなのか、頭に木の葉が乗っているのがちょっと間抜けだが、天使みたいに綺麗だ。

もし彼女が兄の婚約者なら本邸まで案内するべきなのだろうが、俺は本邸へ行くことが許されていない。さてどうしようかと考え込んでいたら、少女はスタスタと庭を勝手に歩き出した。

「どこ行くんだよ？」

「探検よ」

迷子だろうに不安げな様子など一切見せず、少女はキョロキョロと興味深そうに辺りを見回す。

そして何か思いついたように振り返った。

「あなたここの家の人なんでしょう？　ならとっておきの場所に案内しなさいよ！」

キラキラ瞳を輝かせる少女があまりに眩しくて、俺は呆気にとられつつ暫《しば》し見惚れた。そんな俺の様子に焦れたように、少女は俺の手を取ってグイと引っ張った。その柔らかさと温もりに内心ドキリとする。

「何ボーッとしてるのよ？　早く！」

良く分からない感情に困惑し、勢いに呑まれながら、俺は少女にとっておきの場所を案内する羽目になった。それが少女――エマとの出会い。

結局、別邸まで捜索にやって来た兄にエマを引き渡してことなきを得たが、その日以来エマと直接会うことはなかった。

だが俺は、本邸で兄とエマが仲睦まじく遊んでいる様を、時折遠くから隠れるように眺めていた。当たり前のようにエマの側にいられる兄が羨ましかった。エマは影のように生きる俺にとって突如現れた鮮烈な光。決して届かないその光に焦がれるような気持ちが常に胸に燻《くすぶ》っていた。

だが俺には何もない。娼婦の子と蔑《さげす》まれる以外何も。

そこで初めて俺は自分の将来について考え出した。その結果たどり着いたのが騎士の道だ。身分に関係なく己の力量で評価される数少ない職。俺は父に頼んで本格的に剣術の稽古を始めた。師は厳しかったが筋が良いと褒めてくれた。誰かに認められるのが初めてだった俺は、嬉しくてますます稽古に励んだ。

それから五年後、まさか兄が戦死し、繰り上がるように嫡子《ちゃくし》とエマの婚約者の座が転がり込んでくるなど夢にも思わなかった。

もっともエマは俺のことなんか覚えておらず、婚約者としての初対面時から娼婦の息子である俺への嫌悪が剥《む》き出しだったたが。

マリカとの出会いは俺が騎士団に入団して数年後、二十歳になった歳のはずだが正直よく覚えていない。気付けば騎士団にいて、知らない間に勝手に側にいる、そんな女だった。

明るく屈託のない様が騎士団では人気のようだったが、俺はマリカが時折向ける得体の知れない眼差しに居心地の悪さを覚えていた。もっと正確に言うなら、気味が悪かった。

そんな日々の中、俺とエマは結婚した。俺達が険悪なことはかなり有名で、初夜が完遂されるか否かを賭けるような下世話な輩《やから》まで騎士団の中に居たらしい。

初夜がどんなものだったかは……エマが一番よく知ってるだろう。こんな時まで不機嫌なお前に気分を害した俺は、あまりに自分本位で……エマにとっては最悪な夜だったはずだ。

だが俺は——泣き叫ぶエマの姿に堪らなく興奮した。あんなに俺を嫌って蔑《さげす》むエマが泣いて許しを請うなんて、最高に嗜虐心が煽《あお》られてゾクゾクした。

あのエマが俺のもの。俺だけのもの。

俺はらしくもなく浮かれていたようだ。翌日は休暇だったが、少し体を動かして心を鎮めたかった。

王宮にある騎士団の鍛錬場で程よく体を解してから、残っていた仕事を片付けるついでに詰所《つめしょ》にも顔を出した。

するとすぐに数人の騎士に取り囲まれ、昨夜の様子をアレコレと聞かれた。適当に流しながら談笑していると、いつの間にかマリカが側にいた。今思えばあれが全ての始まりだった。

「団長のお祝いも兼ねて今日は飲みませんか？」

「お！　良いね！　団長もちょっとくらい遅くなっても構わないでしょ？」

「酔い潰して今日は役立たずにしてやろうぜ！」

「お前ら……」

マリカの明るい声を皮切りに、俺は騎士団の連中にガッツリと両腕を掴まれ、そのまま酒場へと連行された。早く帰りたかったが、その日はとても気分が良くて、珍しく酒が進んだのを覚えている。気付けば当たり前のように隣にはマリカが居て、楽しそうに笑っていた。

そこからの記憶は曖昧だ。体が燃えるように熱くて、酷く怠くて気分が悪かった。後で知ったが強い媚薬を盛られたらしい。気付けばそこは見知らぬ部屋だった。

「お目覚めですか？」

声の主は俺に身を擦り寄せてきた。甘い女の声。直に触れる女の体が何も身に着けていないことで状況を察する。なんてことだ。

「やめろ……」

「昨夜はあんなに情熱的でしたのに、冷たい方。そこも素敵なんですけど」

「俺に触れるな！」

「今更じゃないですか、ジョエル」

睨みつけると女――マリカはこれまで見たこともない毒々しい笑みを浮かべた。

「私を蔑ろにするのは得策ではないですよ、お兄様」

「何の冗談だ！　俺に妹などいない！」

困惑し、激しく憤《いきどお》る俺にマリカは笑みを深めると、いつも彼女が身に付けていた指輪を抜き取って俺の手に握らせた。

「それをあなたのお父様に見せてください。きっと面白い話が聞けますよ」

マリカを突き飛ばすようにしてその場を後にした俺は、すぐに郊外に隠棲していた父を訪ねた。

そしてある筋から入手したとぼかしながら指輪を見せると、父はあっさりと認めた。十八年前の隣国での過去を。

マリカの母親は父に何も要求しなかったようで、父はマリカの存在すら知らなかった。そしてこの指輪は確かに父が女に贈ったものであると、懐かしそうに瞳を細めた。

「仮にこの女に子ができていたとしたら……父上の子である可能性が高い、ということですか？」

「そうだ。ランに滞在している間は私専属でいてもらったからな」

父のダークグリーンの瞳がマリカのそれと重なる。

俺は……妹を抱いたのか？

途端込み上げる嘔吐感。俺は吐いた。吐いて吐いて血を吐いてなお嘔吐《えず》きが止まらなかった。そのまま気を失って目覚めた時、俺は――男としての機能を失っていた。

医者は気鬱によるものと言った。原因を取り除けば回復の見込みはあると。俺とエマの不仲は以前から周知の事実だ。父はエマが原因と断じ、後々の離縁まで示唆《しさ》された。俺は、それだけは断固拒否した。エマが原因ではなく自分自身の問題であることを訴え、公爵位を捨てることすら辞さないと父に迫った。珍しく必死に歯向かう俺に、はじめ頑《かたく》なだった父もついには折れた。

ただし三年を期限とし、俺が治癒するまでの別居と接近禁止が条件だった。そして公爵家の威信に関わるこの件は他言無用と箝口令《かんこうれい》がしかれ、妻であるエマにもろくな説明が為されることはなかった。

もしこの病が癒えなければ、俺はいずれエマを失う。だが、まさか実の妹を抱いたせいなどと誰が言える？　容易《たやす》く陥《おとし》いれられた己の甘さに怒りが湧くが、全ては後の祭りだ。あの夜を悔やまなかった日など、一日たりとてない——

その日以後、俺は屋敷へは戻らず騎士団の宿舎に寝泊りしていた。

父からの条件でもあったが、何より男としての機能を失ったことで、俺のなけなしの自信やらプライドやらは砕かれていて、とてもエマに会える状態ではなかった。一人の時間が長いほどエマのことばかり考える。このことは絶対にエマに知られたくない。だが顔が見たい、会えない——出口の見えない閉塞感に苛立ちが募る。

そんな俺に悪魔は忍び寄り囁いた。

「浮気相手が妹だなんて奥様に知られたくはないでしょう？」

煩《うるさ》い……黙れ。

「私は巫女《みこ》と呼ばれる者。予知だけが私の力だと思う？　ふふ……心配しないで、あなたが私の側に居てくだされば何もしないし秘密も守るわ」

甘ったるい声、気味の悪い眼差し……吐き気がする。何度も追い払おうとしたが、そのたびにマリカはあの夜のことを盾に俺の宿舎に泊まり込んだ。そしてどこへ居所を変えようとも、どこまでも俺を追い詰めるように追ってくる。

「それにね、あなたの浮気なんて可愛いもの。今に見ていらして、奥様は直に本性を現して淫婦と呼ばれるわ」

睨みつける俺に、マリカはゆったりと微笑む。俺は信じなかった。信じたくなどなかった。だがマリカの言葉は全て現実となった。

エマは程なく色狂いのように男達を咥《くわ》え込んだ。離れていたとはいえ、エマには護衛と監視をつけていたので逐一報告が入る。そのたびに俺の中で何かが粉々に砕けていった。

茫然とする俺の脳裏には、エマが男達と淫らに睦み合う姿が浮かんでは消えた。俺はエマの夫だというのに会うことも、触れることもできない。沸々と湧き上がる怒りに目が眩みそうだった。

……憎い。

エマの体に触れる男達が憎い。

誰彼となく体を許すエマが憎い。

ままならぬ現状が、全てが憎い——

「言ったでしょう？　私はこれから何が起こるか全て分かっています。ふふ、まだ信じられませんか？　ならば一つ予言を。あなたは二年後奥様と離縁することになるわ」

マリカの言葉はジワジワと確実に俺を蝕《むしば》んでゆく。もはやどこへ逃げることも叶わず、この頃の俺は、マリカの傍らに置かれる空虚な人形のようになっていた。

「離縁……」

虚《うつ》ろな頭でくり返す。俺とエマが、離縁……父からの期限である三年を待たずして？

そもそもたった一夜しか肌を合わせなかった俺たちはもはや夫婦と呼べるのか？　いや、少なくとも俺は覚悟を決めたはずだった。エマと夫婦に、家族になるのだと。浮気など決してするつもりはなかったし、どれだけ蔑《さげす》まれようと彼女に少しずつでも歩み寄ろうと決めていた。そのための時間はたっぷりあるはずだった。

なのにこの現実は何だ？　エマは男に狂い、俺は気鬱を患ってその元凶に付きまとわれ続けている。

「お前の目的は何だ……父への復讐か？」

「イヤだわジョエル。あなたを愛しているからあなたが欲しい、それだけなのに」

「はっ……俺が兄と知った上でか？　どうかしてる！」

好きだとか愛してるだとか、おぞましい言葉を吐きながら抱きついて来るマリカを咄嗟《とっさ》に突き飛ばす。途端に押し寄せる嘔吐感に咽《むせ》た。心も体もこんなにもマリカを拒絶しているのに、マリカは俺の側から決して離れない。他の女には何があっても渡したくないと、おぞましい独占欲を剥《む》き出しにする。

俺は俺でマリカの得体の知れない予言に支配されて、既にマリカを排除することができなくなっていた。

耳が自然と予知に吸い寄せられる。マリカの言葉は恐ろしいほどピタリと未来を言い当てた。

そしてろくにエマとは会えないまま二年が過ぎ、逃れられない運命のようにカレンガ家は破滅し、俺達は離縁した。

エマにはカレンガ家の借金を肩代わりすることを離縁の交換条件としていたが、本当の理由は勅命だった。許し難い一級罪人の妹が、王家につらなる騎士団長の妻であることを陛下は厭《いと》われた。俺はそれを受け入れるよりほかなかった。

離縁後エマの身元を引き受ける者はなく、そのまま追い出せばエマはすぐに野垂れ死んだだろう。それも見越しての離縁だ。つまり陛下は間接的にエマの死を望んでおられる。

誰にでも体を許すエマ、そんな憎いエマがどうなろうとどうでも良い。やっと苦しみから解放されたのだ。俺はもっと喜んでいいはずだった。

なのに何故俺は陛下の目を盗み、わざわざ信頼のおける娼館へエマを託した？　何故娼館のマダムに逐一状況を報告させている？　全く自分の心が理解できない。ただ虚しかった。何もかもが味気なく色褪《いろあ》せ、空虚な心だけが残った。

エマとの離縁後、ますますマリカは遠慮がなくなった。俺が拒まないのを良いことに、愛人面をしてベッタリと側に付きまとう。

もう秘密を有するべき相手がいなくなった今、マリカの言いなりになる必要などなかったのに、マリカの得体の知れない力がエマに及ぶことが何より恐ろしかった。憎いはずなのに俺の行動は矛盾している。心底自分の心が理解できない。

元凶が側に居続けるためめか、俺の病は全く治る気配を見せず、もはやあらゆる医者に匙《さじ》を投げられていた。求められても体が受け付けないのだ、マリカと性的な触れ合いなど一切していない。

エマと離縁しても不能が治らない俺に、父はもう好きにしろと言ったきり何も言わなくなった。

何もかもがどうでも良かった。父が失望しようが一生女を抱けなかろうがどうでもいい。もう生きることすら面倒だ。

そんな俺とは対照的に、エマはたったの一年で看板娼婦にまで上り詰めた。エマの身の安全を図るためだけに娼館に入れたのだ。客を取る必要すら本来ならなかったのに、エマが自ら望んだのだという。俺への借金を返済するまで娼婦になるのだと。

「淫売なお前には相応《ふさわ》しいだろ。好きなだけ咥《くわ》え込め」

長年腹に据えかねたものが溢《あふ》れ出して、捨て台詞のように吐いた言葉がエマを焚きつけてしまったらしい。しかもエマは金がまとまってできるごとに借金の返済と称し、ヴァルク家に送って寄越した。

――これはエマが男に抱かれて得た金。

その金を見る度、俺は抑えきれない衝動に荒れた。込み上げる憎しみに頭が焼き切れて、物を壊し尽くすほどに暴れた。

彼女は俺のものだったはずだ！

どこで狂った！

何故失った！

俺は既におかしくなっていたのだろう。いつしかエマを殺すことを夢想するようになっていた。あたかもそれが唯一の救いであり、楽しみでもあるかのように。

いつか必ずエマに会いに行こう、その時は殺す時だと心に決めていた。

そして二年の歳月が流れた。そのころには表面は完璧に常人を装うことにも慣れていた。馬鹿なマリカは相変わらず愛人気取りで好きだ愛してるだと俺にほざいて離れない。そんなマリカに対しては、驚くほど何の感情も湧かなかった。ただただ体が受け付けない、気持ちが悪い。

だが妙なことをしでかさないか監視する意味でも、マリカが側にいることは都合が良かった。こんな女にエマが害されるのは許せない。

エマを殺すのは俺だ。

俺の心は取り憑かれたようにそのことばかり考えていた。

エマに会いに行く——それはいつからか俺にとって唯一の生きる縁《よすが》になっていた。

そんなある日、恒例となっていたマダムからの報告に、エマはあと数か月で借金の返済を終える、自由を与えたい、といった旨が記されていた。その時俺はハッとした。

エマが自由に……ヴァルク家への借金という鎖が断ち切られたら、俺とエマを繋ぐものは何もない。これから先俺の知らない所で、俺の知らない誰かとエマは生きるのか？

目の前が真っ赤に染まる。怒り、憎しみ、苦しみ、悲しみ——あらゆる負の感情が骨の髄まで俺を蝕《むしば》み、気付けば部屋を破壊し尽くしていた。血に塗《まみ》れた拳を目にし、やっと正気に返ってクルスを呼ぶ。

「例の娼館を館ごと一晩買い上げろ」

「……承知致しました」

部屋の惨状と俺の命令とに隠しきれない戸惑いを見せながら、クルスは深く一礼した。

俺の父は無類の女好きで、特に娼婦が大好きだ。その遊び方は昔から派手で、誰にも邪魔されず気に入りとゆっくりと過ごしたい時は、館ごと一晩買い上げていた。何故そこまでするのか昔の俺には分からなかったが、その時は敢えてそれを真似た。

エマただ一人のためだけに館ごと一晩買い上げる——実際やってみればそれは中々に気分が良かった。分かりたくもない父の気持ちだが少しだけ分かった気がした。

娼館に足を踏み入れると、にこやかにマダムが出迎えてくれた。だが俺の顔を見るなり僅かに頬を引き攣《っ》らせる。

「公爵様……どうか無体な真似はなさいませんように。まだ大事な……商品ですから」

俺は無言で口の端を吊り上げた。勘のいいマダムは何かを感じ取ったのだろうか。だが止まる気はない。俺は案内役に従ってエマの部屋へと足を踏み入れた。

優雅に淑女の礼をするエマがそこにはいた。三年ぶりに見るエマは落ちぶれるどころか、その美貌は更に磨きがかかり、あまりに妖艶だった。胸の大きく開いたドレスはその豊満さをイヤというほど強調している。

何だ、これは？

久方ぶりの感覚に愕然とする。その機能を失って久しいそこが自覚できる程に熱をもっていた。

嘘だろう？

その時エマと話したことはあまり覚えていない。ただエマの言葉にドス黒い感情が込み上げて、気付けば激しく犯すように抱いていた。

医者どもが匙《さじ》を投げ、もはや回復することなどないと思っていたそこが、今は嘘のように硬く勃ちあがり、エマを深く挿し貫いていた。あまりに様々な感情や感覚が入り乱れて、俺の頭はもはや支離滅裂を極めていた。吐き出しても吐き出しても治まらない衝動に突き動かされ、飢えた獣のように俺はエマを犯し続けた。

我に返ったのは、エマがまるで恋人のように俺を抱きしめた瞬間だ。あれだけ俺を嫌っていたはずがどういうつもりかと一瞬手を止め、エマを見下ろした。

「何の真似だ」

「ここではあなたは私の王様。いくらでも好きにしてくださって良いのよ」

エマの顔に浮かぶのは、今まで見たこともない美しい微笑。これまでも、これからも、お前はどんな男にもこうして体を開くのか。この俺にすら――

絶望にも似た虚無が心を、体を満たす。やがて沸々と腹の底から湧き上がる凶悪な激情のまま、俺はエマの首を絞め上げていた。

憎い憎い憎いエマ。

お前は俺だけのものだったはずだ。

何故こんな未来しか辿《たど》れなかった？

エマは不思議なほど一切抵抗しなかった。流れ落ちる涙がエマの頬を濡らす。やがて二人の涙が混ざり合い溶け合って、もはやどちらのものかも曖昧になっていた。

どれ程の時間かは分からない。気付けばエマは俺の腕の中で息絶えていた。その姿は眠るように安らかで、酷く美しかったのを覚えている。

エマが死んだ。

もう二度と誰にも抱かれることはない。

もう二度と会うことも叶わない。

刹那の安堵と途端に迫りくる喪失感、そして激しい胸の痛みとに蹲《うずくま》ってエマに縋《すが》る。

「エマ！　エマ！！！」

刻み付けた噛み跡が、鬱血痕が確かに生きていた証。もう会えない、この世にお前はもういない。

「ああああああああああ！！！！」

俺はお前が憎くて憎くて、殺したい程憎くて——会いたかった。いつだって会いたかったんだエマ。お前を思う時、必ずいつかの笑顔を思い出した。その笑顔が恋しかった。閉ざされた世界に生きる俺にとって、お前は鮮烈すぎる憧れで、欲しくて堪らない唯一だったから、俺は何を言われても心の底から嫌うことなんてできなかったんだ。

お前が淫婦となるまでは——

何の関係も築けてないお前に何を打ち明けられただろう。実の妹を抱いて不能になったと話したところで、更に軽蔑され、自業自得と嘲笑われるだけだ。

エマ、エマ……淫婦と呼ばれるお前が憎くて殺したくておかしくなりそうだった。だがその裏にある心は何だったのだろう。

ただ側にいて、顔も見たくなくなる程喧嘩して、だが少しずつ歩み寄って、いつしか共に笑い合えるような……そんな他愛もない日々をお前と——

涙が溢《あふ》れて止まらなかった。俺はとっくに壊れている。だが分かっていた、もうエマのいないこの世に生きる意味などない。お前の全てを奪うことで、俺の生は終わった。

思い描いた『いつか』なんて訪れなかった。どこかで常に歯車は狂っていた。

それでも俺の心の真ん中にはいつでもお前が居た。どれだけ憎しみに歪んでいても、いつだって俺の心はお前だけを求めていた。

なあエマ、心をくれだなんて言わない。

ただ俺の側にいて、俺だけのエマで居て欲しい。願いは、それだけだったんだ——

俺はエマの身なりを整え口付ける。そこはまだ生きているかのように柔らかく温かかった。

「綺麗だ、エマ……」

その姿を脳裏に焼き付ける。そして俺は密かに持ち込んだ短刀を鞘《さや》からゆっくり引き抜くと、自身の頸動脈に刃をあて一思いに切り裂いた。

叶うことなら全てをやり直したい。そしてもう一度、お前に会いたい会いたい会いたい——

エマに折り重なるように倒れ込みながら、意識は汚泥のような闇に呑まれていった。

★

「……そうして何故か時は巻き戻って、俺はもう一度お前に会った。二度と過ちは繰り返すまいと思っていたのにな。結局過去の憎しみに引きずられて、今度はこうしてお前の心を喪《うしな》ったんだ。ごめんな、エマ。どれだけお前に忌み嫌われようと俺は……何度でもお前に会いたい……会いたいんだ――」

長く陰鬱な俺の悔恨と懺悔《ざんげ》。全てを吐き出し、あの頃の痛みや苦しみが鮮明に蘇って涙が止まらなかった。そんな俺の頬を撫でるようにエマの指先が触れる。また俺の痛みを感じ取ってくれたのかと、エマの顔を見て、違和感に気付いた。

「エマ？」

エマは確かに俺の顔を見ていた。涙で俺の視界は霞《かす》んでいるが、エマの目には淡い光が宿っているように見える。

「じょ……え、る……」

「エ、マ……？」

俺は屈み込むように顔を近づけて、恐る恐るエマの頬に触れた。

「エマ、俺が分かるか？」

エマはゆっくりと頷くと、僅かに微笑んだ。

「なんだか、長い夢を……みてた、みたい……」

そう言ったきり再び瞳は固く閉ざされた。俺はエマに縋《すが》り付いて泣いた。涙腺が壊れたように涙が溢《あふ》れて止まらなかった。

温かいエマ。生きて微笑むエマ。

二度と会えるはずのなかったエマが今ここに居る。その奇跡を腕に抱いて、俺は幼子のように咽《むせ》び泣いた。

第五章　二人の愛について

私は息苦しさに目を覚ました。辺りを見回すと、何処《どこ》か見覚えのある天蓋と、薄い紗《しゃ》で覆われた大きなベッド。ああ、ここは私が身を置いていた娼館だ。前世のジョエルと私の最期の場所。

息苦しさの正体は体に絡《から》みつくジョエルの腕だった。逃がさないとばかりに体に巻きついていて身動きが取れない。

少し体をずらそうと身じろいでみると、今度はさらに深く抱きすくめられた。ますます身動きが取れない。諦めて体の力を抜いた。

長い長い夢の間を漂っていた。無色透明な世界に私はただ一人。そんな私にジョエルはたくさん話しかけてくれた。今感じていること、他愛もないことをたくさん。

彼の言葉に嘘はなかった。そこにはもはや誤魔化しもない。私は徐々にジョエルが共に夢の中に在ることを許した。

夢の中でジョエルはとても優しかった。心から私を案じて労《いたわ》ってくれた。あなたの声は全部私に届いていた。

あなたが教えてくれた『ジョエル・ヴァルク』を巡る一度目の生。

私が知らなかった本当のあなた。

やっと分かったわ。

前世のあなたは先の見えない深い絶望の中、必死に藻掻《もが》き、苦しみ、喘いでいた。

マリカへの畏怖、男としてのプライド、抗えない絶対的権力、逃れられない血縁——

そんなあなたにとって、私だけが唯一の縁《よすが》だった。だからどうしても手に入れなければならなかったんだわ。たとえ命を奪ってでも——

「馬鹿な人」

ポツリと呟くと、私を抱きしめているジョエルの指先がピクリと震える。

「あなたがこんな馬鹿だなんて知らなかった」

「エマ……」

腕の力が緩んだ隙に私は身を起こしてジョエルを見下ろした。ジョエルは見たこともないほど無防備な眼差しで私を見返している。私はジョエルの胸に手をあてた。

「あなたの憎しみの底にある思いは何？　私に抱いているのはただの怒りや憎しみだけ？　ならどうして殺してまで私が欲しかったの？　どうしてあんなにがむしゃらに私を抱いたの？」

私は身を倒して、唇が触れる程顔を近づけた。

「思いを言葉にするのは難しい。私も今あなたに対する思いを言葉にすることができない。あまりに痛くて苦しすぎて……どうしても言葉にならない……」

ポタリ。苦い涙が伝い落ち、ジョエルの頬を濡らす。

「ジョエル、胸が痛い……苦しいわ。何も知らないままならあなたの手を離せたのに……もう私……」

どちらからともなくもたらされた口付けは、ほのかに塩辛い。全身全霊で縋《すが》り付いてくるこの男を無慈悲に切り捨てるには、私はもうあまりに深入りし過ぎていた。

身勝手に私を殺した男なのに、どうしても憎むことができない。切実に私を求めるこの手を振り払えない。本当にどうかしている。今はただ胸が痛くて堪らない。

この思いを言葉にするなら何と呼ぶ？

甘いもの苦いもの、美しいもの醜《みにく》いもの、全てが複雑に絡《から》まり合って到底言葉でなんて言い表せない。きっとジョエルも同じなんだわ。

「エマ……ダメだ、お前を離せない……」

しがみ付いてくるジョエルの頭を宥めるように撫でる。これが本当のあなたなのね。繊細で傷つきやすくてどこか危うい。

容姿、才能、家柄――そのすべてに恵まれても、この世界はあなたに優しくなかった。私は本当に何も知らずにいた。あなたの苦しみなんて何一つ――

「今私、あなたが愛おしいわ」

ジョエルはハッと顔を上げる。

「心なんて目に見えないもの。だからその時その時の思いをあなたに伝えるわ」

微笑むとジョエルの顔が苦しげに歪んだ。

「俺は……分からない。お前への思いはあまりに複雑に歪みすぎていて……言葉にするのが難しい」

「それでも……できる限り伝えて。私達あまりに言葉が足りないわ」

「分かった……」

ジョエルは騎士の誓いのように私の手を取って口付けると、上に乗る私を抱き締めて上下を入れ替えた。

「……エマが欲しい」

熱く潤《うる》んだ瞳が真っ直ぐに私を射貫く。そのあけすけな欲にあてられたように下腹がズクリと疼いた。

「私も、ジョエルが欲しい」

「エマ……」

吸い込まれそうな深い紺碧の瞳を見つめながら、私はゆっくりと目を閉じた。

「っは……じょ、エる……っ！」

もう何度目かも分からない絶頂に頭がおかしくなりそうだ。はじめジョエルはやはり性急に繋がりたがった。今はその訳が分かっているから、私もそれを受け入れた。

一度果てるとジョエルは私を抱き締めながら泣いた。苦しみの全てを吐き出して、ジョエルの感情は解き放たれたようだった。

私への憎しみ、喪《うしな》った痛み、悲しみが今なおこんなにもジョエルを苦しめている。

私はただ抱き締めることしかできなかった。ジョエルは私を失っては生きていけない。

馬鹿だ。本当に私は馬鹿だ。何も見えていなかった。ジョエルを貶《おとし》めるばかりで、何も見ようとしなかった。ここまで追い詰めたのは私だ。

ジョエルが抱えるものはあまりに重くて苦しい。でも、私は今度こそあなたと向き合うわ――

「エマ……すまない、止まらない……」

果ててもジョエルはすぐに硬さを取り戻す。みっちりと中を満たす感覚に息を詰まらせながら私は微笑んだ。

「いいの……気が済むまで、ちょうだい」

「エマ……」

乳首に吸いつかれて体がビクリと跳ねた。ちゅうちゅうと音を立てて執拗に吸われ続け、そこは既に赤く膨れて些細な刺激にも敏感になっている。

「んんっ……」

下腹に響くような疼きと共に、堪らない愛おしさが込み上げた。

「ジョエル……」

頭を抱きしめてうわ言のように名を呼ぶと、中のジョエルが応えるように質量を増す。

私を抱いているのは私の生涯唯一の男で、その男は今全身全霊で私を求めてる。ただひたすら私だけを。

絶望したら私を殺すことも厭《いと》わない危うい男。でも私を決して一人にはしない男。私が死ねば必ず後を追い、心を喪《うしな》えばひたすら寄り添い帰りを待つ、そんな重たい男――

私を抱きしめピッタリと体を合わせながら、ゆっくりとジョエルは自身を引き抜き、奥を穿《うが》つ。

「あっ……！」

全身でジョエルを感じ、私は充足感のようなものに包まれていた。ジョエルのセックスはあまりに切実で激しい。でも今はそれだけじゃない。何かようやく互いの心が触れたような、そんな確かな繋がりを感じていた。

「ジョエル……幸せだわ……」

私がそう言うと、ジョエルは動きを止めて呆然と私を見下ろした。それが真実だと伝わるように彼の頬を撫でて微笑むと、ジョエルは苦しげに顔を歪めた。

「エマっ……！」

ジョエルは私の腰を掴むと、奥を擦り上げるように自身を打ち付ける。奥をタンタンと突かれる度、膨れ上がる快感にチカチカと視界が明滅した。

「あああっ……」

快感がすぎて辛い。ゾワゾワと背筋を這うような疼きに体は強張り、脳が甘く痺《しび》れて蕩けそうだ。中はヒクヒクと蠢《うごめ》いてジョエルに熱く絡《から》みつく。

「はっ……」

荒々しく息を乱しながらジョエルは最奥に子種を注いだ。ぐっと腰を押し付け、ジョエルはなおも私の唇を貪《むさぼ》る。

「エマ……エマ……」

狂おしく私を呼ぶ声音に、言葉にならない感情の全てが込められている気がした。

なんて不器用な人――

そんなジョエルが泣きたくなるほど愛おしい。

やがてゆっくりと唇が離れ、紺碧の瞳が私を真っ直ぐに見下ろした。その眼差しから漂う気だるげな色香にクラクラする。本当にジョエルは悪魔のように美しい。

「あなたのエマよ。生涯あなただけの」

両手でそっと頬を包むと、ジョエルが笑った。初めて見る彼の本当の笑顔だった。胸が痛くなるほど美しいそれを、私は宝物のように両手で抱き締めた。

★

「もう体の方は良いのか？」

「ええ、すっかり」

いつかの約束通り、とある夜会にて私はロヴィお兄様と三連続のダンス中だ。事前にジョエルには事情を説明して許しをもらっている。もちろん良い顔はされなかったけれど、ジョエルを知りたいと必死だったあの時の私の心情を彼は理解してくれた。

複雑だけどエマのその心は嬉しい——

そう言いながら昨日ジョエルとした仲直りのセックスは情熱的で激しかった……などと淫らな記憶に浸っていた私を現実に引き戻したのは、ロヴィお兄様の不機嫌な声音だった。

「何だよ、結局俺は当て馬かよ」

「そうおっしゃらないで、心から感謝しているの。お兄様の助言通り私たち、言葉が足りなくて行き違っていたみたい」

ふふっと笑うとロヴィお兄様はため息まじりに苦笑した。

「まあヴァルク公との約束は俺の中では生きてるからな。お前が頷いたらすぐにでもベッドに引きずり込む」

「ジョエルが私に愛想を尽かしても、私は生涯誰のものにもならないわ。お兄様は自分に落ちない私が物珍しいだけよ」

「まあ一理あるけど俺の心は俺だけのものだ。しつこく諦めないのも俺の勝手だろ？」

「もう頑固者！」

「知ってるだろ？　それにこの世に絶対なんてないんだ。お前が心変わりしないとも限らない」

不敵に微笑むロヴィお兄様を睨む。ダメだ、この人は自信家で頑固者なのだ。これ以上私が何を言っても無駄だ。

「勝手にしてください！　婚期を逃しても知らないから！」

「俺の心配までしてくれちゃうの？　優しいなぁ。ますます惚れちゃう」

曲が終わると共に私はぷいっと背を向けてその場から離れた。背後からはロヴィお兄様の笑い声がしたけれど、決して振り返らなかった。


ジョエルを探して会場を彷徨《さまよ》っていると、一人の紳士に呼び止められた。

「失礼ですがヴァルク公爵夫人ではありませんか？」

「……ええ、何処《どこ》かでお会いしたことが？」

訝《いぶか》しげに首を傾げると、紳士は胸に手を当て一礼した。

「団長の下で騎士団の副団長を務めておりますラガートと申します」

「まあジョエルの……夫は何か皆さんを困らせてはいませんか？」

微笑むとラガートと名乗る男は目を大きく見開いた。

「あの、何か？」

「い、いえ、噂以上にお美しい方で驚いていました。これは団長も早く帰りたがるわけですね」

「……そう、なのですか？」

「はい。ここだけの話、残業や夜勤の日は特に機嫌が悪くて大変なんですが、やっと理由が分かった気がします」

声を潜めて囁かれた言葉になんと答えていいか分からず曖昧に相槌《あいづち》を打っていると、グッと誰かに後ろから腰を掴まれた。

「ジョエル？」

突然現れたジョエルは不機嫌そうにラガートを睨んでいる。

「あ！　団長！」

「お前、こんなところで油売ってるなら、この間の始末書をさっさと提出しろ。懲罰を上乗せしてやろうか」

「あー！　自分、急用を思い出しました！　夫人、お会いできて大変光栄でした！　では失礼」

ラガートは慌ただしく一礼すると足早に去って行った。その背に向かって呆れたようにため息をつくと、ジョエルは横目で私を見る。

「あいつに変なことを吹き込まれなかったか？」

「変なこと？」

ぐっとジョエルは言葉を呑み込む。何か私に聞かれたくないことでもあるのかしら？

「何か聞く前にあなたが来てしまったのよ。残念だったわ」

恨めしげに見上げると、ジョエルはホッとしたように表情を緩めた。

「いや、特に聞かれて困ることはないと……思うが……」

「いつもあなたが早く帰りたがってるってラガートさんがおっしゃっていたけれど。そうなの？」

ジョエルはラガートが去った方向を睨むと、「あいつ……」と低く呻く。

「聞かれて困ることはないんじゃなかった？」

「……本当だ」

「え？」

「いつだって早く帰ってエマの顔が見たいし、抱きたい」

わずかに黙り込んでから呟かれた言葉に、今度は私が言葉をなくす番だった。最近は大分落ち着いていたけれど、ジョエルは時折発作のように性急に私を抱く。それ以外でも、ということ？

「よく酷くしてしまうから、申し訳ないと思ってるし、これでも我慢してる」

「そう、なの」

ポカンと思わず間抜けな顔をしていたらしい。ジョエルは苦笑すると私の頬を撫でた。

「なんて顔してる。思いを言葉にするという約束だろう。なるべくエマには正直でいたい」

「ジョエル……」

決定的な愛の言葉ではないのに、ジョエルにとって特別に大切な存在と言われた気がした。今の気持ちは素直に「嬉しい」だ。

「私、何だか嬉しいみたい」

「何故だ？」

「あなたにとって特別に大切な存在って言われたみたいだから」

ジョエルはなんとも言えない、という顔で私を見ている。

「何か変なこと言ったかしら？」

「いや……今更そこなのか？」

ジョエルは困ったように笑った。

「エマが特別に大切でなければ……俺はあんなにおかしくならなかった。前の生の時も今も、エマは俺の全てだ」

「あなたって……時々凄いことをサラッと言うのね」

緩んでしまう顔を見られたくなくて、ジョエルの胸に顔を埋めた。そんな私をジョエルは優しく抱き留める。

「そうか？　なら全部曝《さら》け出したらお前は逃げたくなるかもな」

深淵を垣間見たような心地がして体が震えた。ジョエルの心はあまりに深くて底が見えない。

「やっぱりあなた怖いわ」

「そうだな」

「でも嫌いじゃない」

「そうか」

「憎たらしい時はいっぱい」

「ああ……」

「今はそれだけ」

「そうか……」

少しガッカリしたような空気に笑いが込み上げる。ジョエルはとても感情が豊かになった。元々豊かだったのだろうけれど、表に出すことが苦手のようだった。一度心を吐き出してからは、様々なものから解放されたようにジョエルはとても分かりやすくなった。

「あ、大事なことが一つあったわ」

「大事なこと？」

「うん、私の夫は可愛い」

ちゅっと音を立てて頬にキスをすると、ジョエルは不満げに顔を顰《しか》める。

「褒めてるのか？　嬉しくない」

ここで拗《す》ねられると余計に可愛いのだとジョエルは分かってない。

「可愛いあなたは好き」

「好き？」

にっこり笑って頷くと、ジョエルは私の視線から逃れるように目を伏せた。

「その……可愛いは嫌だが、エマに好きと言われるのは……嬉しい、すごく」

恐ろしくも、なんて純粋な男だろう。深い闇を死ぬほど抱えているくせに、こんなジョエルは愛おしくなってしまう。

「ここが公《おおやけ》の場でなければいっぱいキスしてあげたいくらい」

「ここじゃなければ良いのか？」

その言葉に何かの冗談かと顔を見上げると、ジョエルはガバッと私を抱き上げた。

「ちょっとジョエル？」

「妻が体調を崩したようなので失礼する」

近くの人たちにわざと聞かせるように告げると、ジョエルはそのまま私を馬車に運び、勢いよく中に押し込めた。

「あっ……！」

すぐさま座席に押し倒され、ジョエルが上から伸し掛かる。見上げると息が触れるほどの距離で瞳がかち合った。紺碧の双眸《そうぼう》が薄暗がりの中、欲に濡れてキラキラと輝いている。

綺麗、と見惚れていると、ジョエルもまた同じように私を見ていた。

「綺麗だ、エマ」

そんな言葉は聞き飽きるほど言われ慣れているのに、嘘でもおべっかでもない、ジョエルの心からの言葉に胸がトクリと高鳴る。

「あなたも……綺麗だわジョエル」

そっと両頬を包んでジョエルの唇を柔らかく食《は》む。唇を触れ合わせただけなのに、ぶわりと体中が熱く火照《ほて》った。

こんなところでダメだわ。少し熱を冷ましたくて唇を離すと、ジョエルはくっと口角を上げた。

「いっぱいキスしてくれるんじゃなかったのか」

「しないわ。今のあなた……可愛くないもの」

何だか余裕な様が無性に憎たらしくてわざと冷たく突き放すと、ジョエルは切なげに目を伏せた。

「……そうか」

途端にぎゅっと心臓を掴まれるような痛みを感じた。あまりに素直すぎる反応に罪悪感が湧いてしまう。私は白旗を揚げて、ジョエルに額と鼻とを擦り合わせた。

「嘘よ……愛おしいわ」

ちゅっちゅと啄《ついば》むようにキスすると、足りないとばかりに厚い舌がぬるりと入り込んでくる。不意打ちで激しく貪《むさぼ》られて息が上がった。

ジョエルは唇の端から溢《あふ》れた唾液を舐め取りながら、私のオフショルダードレスの胸元をぐっと引き下ろし、コルセットの紐を勢いよく解いた。

「あぁ……っ」

すぐさま転《まろ》び出た乳首に吸いつかれ、背が大きくしなる。もう片方を下から掬い上げるように揉みしだかれ、指の腹で先をクリクリと押しつぶされた。その気持ち良さに甘く喘ぐ。

「ん……はぁ……」

過ぎた快感を逃すように身をよじると、ジョエルはドレスをたくし上げ、下着の中へ指を差し入れた。

肉芽を摘《つ》ままれ優しく擦られ続けると、ゾワゾワと官能の波がうねって膨れ上がる。

「あっジョエ、ル……まっ……あぁっ……！」

ぐっと背がしなり、全身が痛いほど強張った。

「エマ……」

「ん……」

頬を撫でられる感触にすら感じてしまう。私は快楽に弱い。今すぐジョエルが欲しくて堪らない。

でも、それは私だけではなかった。ジョエルはもどかしげに私の下着を抜き取り自らの下穿きを寛げ、自身を取り出した。

闇の中黒くそそり勃つそれは、美しいジョエルには似つかわしくないほど凶悪でグロテスクだ。ジョエルは私を抱き起こすとそこに跨《またが》らせた。先走りに濡れた切っ先がドロドロに泥濘《ぬかる》んだ口に押し当てられる。

「お前の……好きなように」

ジョエルの熱く潤《うる》んだ瞳が私を見上げる。その眼差しに誘われるよう、私はそれに手を添え、一気に腰を落とした。

「……っ！」

「くっ……」

入れただけで軽く達《い》ってしまった。フルフルと快感に震える私の体をジョエルが抱きしめる。

「エマ、エマ……」

収縮する膣壁に呼応するようジョエルはビクビクと膨れ上がった。みっちりと中を満たされて、その質量に軽く息が詰まる。

堪らずに首根に縋《すが》り付くと、それが合図のようにジョエルは下から腰を突き上げた。自重によっていつもより深いところを抉《えぐ》られて、一突きごとに強烈な快感がもたらされる。

「あっあっんっ……だ、め……！」

頭がおかしくなりそうで、無意識にジョエルの背に爪をたてた。けれどジョエルは容赦がない。

私の腰を掴んでガツガツと奥を穿《うが》ち、私が絶頂に身を震わせてもなお抽挿《ちゅうそう》の速度を緩めない。

「じょぇ……まっ……」

いつもの切実さとは違うスイッチが入ってしまったのかもしれない。何度も何度も性急に高みへと上らされる。

「っ……」

もう何度目かも分からない絶頂の末、ジョエルはようやく最奥に白濁を迸《ほとばし》らせた。はっはと耳元に荒い息遣いが響く。私は力を抜いて、くたりとジョエルに身を預けた。

「屋敷まで……待てなかったの？」

宥めるようにジョエルの頭を撫でると、ジョエルは深く俯く。

「いつだって抱きたいし繋がりたい。だから……あまり煽《あお》らないでくれ」

煽《あお》ったつもりはない。でも何かがジョエルの心に触れてしまったらしい。

さっき私が言った『好き』と『キスしてあげたい』辺りかしら？　私の好意を示す言葉にジョエルはどうも弱い。

ならば、とつい悪戯心が湧いた。

「あなたとのセックス、気持ち良いから好きよ」

途端に中のジョエルがぶわりと質量を増す。期待通りの反応につい笑みが零れてしまった。

こんなにも私を求めて、好きという言葉に反応を示して……その底に在る思いは一体どんなものなのだろう。

いつか気付いたら伝えて――そう願いを込めて、私はジョエルに口付けた。

★

ある日の昼下がり、私はジョエルに誘われて今は使われることのないヴァルク家の別邸にやってきた。ジョエルの過去を知って以後、初めて訪れる場所のはずだった。

「あ、ら？　ここって……」

「見覚えあるか？」

ジョエルはぎゅっと私の手を握ると柔らかく目を細める。目の前にはポツンと大木が一本。それだけだ。でも何だか妙に心に引っかかる。

「私、ここへ来たことがあったかしら？」

ここはジョエルが幼少期を過ごしたという場所で、庭園の外れの、森との境目にあるような場所だった。

「俺のとっておきの場所」

「とっておきの、場所……」

その言葉に感じる強い既視感。この感覚は婚姻後ヴァルク家の庭園を初めて訪れた際にも感じた記憶がある。でも、何も思い出せない。

手がかりを探るよう辺りを見回すけれど、大木一本の他に取り立てて目につくものは何もない。

「こんな何もないところが？」

私が首を傾げると、ジョエルはくくっと笑い出した。

「お前は昔も同じことを言って怒り出したな」

「え？　私あなたとここへ来たことが？」

「エマが兄の婚約者として初めてヴァルク家に来た日だ。ここに迷い込んでたところを俺が見つけた」

「あ……」

断片的な記憶が頭を掠《かす》める。

あの日私は、不機嫌そうな少年の手を引いて、とっておきの場所へ案内しろと言った。嫌そうにしながらも、少年は構われるのがどこか嬉しそうだった。

「あの少年がジョエル？　嘘……」

「嘘？」

「だって私あの子のこと妖精だと思ってたから……」

「……は？」

多分きっと今の私はジョエルに負けず劣らず間抜けな顔をしている。

「人間ではないと思ったのよ……だから彼がジョエルと同一人物だなんて今まで思いもしなかった……」

「何で妖精だなんて思ったんだ？」

「だって……綺麗だったんだもの、見たこともないくらい」

サラサラの銀髪に深い青い瞳の、それはそれは綺麗な少年だった。何だか佇まいも浮世離れしていて、幼い私はきっとこれが絵本に出てくる妖精なんだわ！　なんて無邪気に思い込んでいた。だから幼いころの空想として今まで忘れていたのだろう。冷静に考えると居たたまれなくなってくる。子どもの頃のこととはいえ、妖精だなんて……

「待って、今のなし！　お願い忘れて！」

羞恥に耐え切れず両手で顔を覆うとジョエルに抱き寄せられた。

「昔のエマから見て、俺は綺麗だったのか」

「別に……いつ誰が見てもあなたは綺麗だと思うわ」

「俺は正直この顔が嫌いだが、エマがそう思ってくれるなら……っ!?」

私はジョエルの頬をグイッとつねった。

「それだけ綺麗に産んでもらったんだから感謝してもいいくらいなのに。人前でこの顔嫌いとか絶対言っちゃダメよ、刺されるから」

ジョエルは私の剣幕に呑まれながら分かった、と神妙に頷いた。

「でも、まあ……その顔のせいで色々苦労もしてきたんでしょうね」

途端に浮かんだ嫌そうな顔と雰囲気で察する。マリカもさっとこのとんでもなく美麗な顔にやられたのだ。そのために彼が受けた所業を思えば気の毒にもなる。そこでハタと気付いた。マリカはあの後どうなったのだろうかと。

「そういえばマリカのことを聞いても？」

「ああ、先日非公開で処刑が執行された」

ことをなげにジョエルは言う。処刑？　まさかそんな事態になっていたとは知らなかった。

涼しげな横顔を眺めながら、何となく前の記憶を持つジョエルが周到にそこへ至らしめたのではないか、と察せられた。

「そう……マリカはもうこの世にいないの」

詳しいことは分からないけれど、裏で叔父を唆《そそのか》していたのもマリカだと聞いた。マリカには巫《み》女《こ》として本気で崇める熱狂的な信者が居て、その者たちを駆使して暗躍していたのだと。

前世で私が淫婦となった発端も、ドグラ商会から入手した違法な薬物を、信者たちが私に用いたためである可能性が高いとジョエルは語った。マリカは彼らを通じて私を陥《おとしい》れようと動いていたらしい。

とはいえ、仮に前世で私が破滅したきっかけがマリカの策略だったとしても、そこへ落ちたのは私自身の選択だ。今は自分自身の愚かさを悔やむほかない。本当に、私は救いようのない馬鹿だった。

「マリカも俺たちと同じように生を繰り返していた。巫《み》女《こ》を騙《かた》り俺に近づくため、あの女も前と同じ生をなぞるほかなかったんだ。予知能力なんて嘘っぱちだったからな。ただ――」

「何か気になることでも？」

「いや……ハッタリかもしれないが、マリカは予知以外の力があると言っていた。もしかしたらそれは本当で、時が巻き戻ったのもあの女の仕業かもしれないと思ったんだ。三度目の生とも言っていたしな」

今となっては確かめる術《すべ》はない。それに時に干渉できる人間がいるなど聞いたこともない。

けれど、現に私達の時は巻き戻った。この世にどんな不思議があろうと、今の私なら受け入れられる気がした。マリカが同じ生を三度繰り返していようとも驚きはしない。むしろ納得できることの方が多い。

「あなたにも前世の記憶がなかったら、とても対抗できなかったわね。現に一度目は……」

「ああ、酷い有様だったな。あの女は妹だと知りながら俺を……まったく理解ができない」

「美貌は神のギフトなんて言われるけど、何事も過ぎれば諸刃の剣なんだわ。マリカはある意味人生を狂わされて、あなた自身もその美しさに苦しめられた」

頬に触れると、ジョエルはその手に自らの手を重ねた。そして向けられる切なげな微笑に、胸が痛いほど高鳴る。

「俺なんかより、エマの方が綺麗だ。ずっと見てたい」

ジョエルの両手が私の頬を包んでゆっくりと輪郭をなぞる。私はその眼差しに囚われて立ち尽くす。

ジョエルは時折こうして慈しむように私に触れる。発作のように私を抱く荒々しさとは対極な優しさが、愛情のように感じられて胸が締め付けられる。

でもジョエルが私に向ける思いは、きっとマリカがジョエルに抱いたそれと似たものだと思う。

執着や独占欲といったドロドロとした暗い欲。

けれどジョエルが独占欲や執着以外に愛の示し方を知らないのだとしたら――

それなら、まずは私の気持ちを知ってほしい、と思いつくまま言葉にする。

「あなたは馬鹿だと思う」

「そう、だな……」

「あと繊細で純粋過ぎて面倒臭い」

「そう……か……」

「でもそんなあなたを守って癒してあげたいって思うわ」

「エマ？」

「きっとこれが私なりの情なのね」

ジョエルは突然ガバッと私を抱きすくめた。

「苦しい……」

「すまない……でも無理だ」

「な、何が無理なの？」

「今滅茶苦茶にしてしまいそうだから治まるまでもう少し、このまま……」

流石《さすが》にこんなところで滅茶苦茶にされるのは嫌だ。必死に宥めるようジョエルの背を撫でた。顔に押し当てられた胸からはドクドクとジョエルの鼓動が伝わってくる。

喜んでいる？

こうして私の言動に一喜一憂する様は可愛いと思ってしまう。少しずつ知らないジョエルを知っていくのは嬉しい。胸の奥からは愛おしいという気持ちがジワジワと湧き上がる。

ジョエルが愛おしい――でもその思いには同時にほの暗い影が付きまとう。私達はあの過去をどうあがいても変えることができない。

それでも、心が動いてしまった。もう離れられない。彼の恐ろしいほどの執着に心が雁字搦《がんじがら》めに囚われている。あんなに離れることばかり考えていた自分が今は信じられない。いつの間にかジョエルにこんなにも絆《ほだ》されてしまった。

「エマ……エマ」

ジョエルは激情に耐えるように私の首筋を噛む。甘噛みより少し痛い。きっと歯形がついている。あの妖精のように儚《はかな》げだった少年が、まさかこんな野獣さながらになってしまうとは。

ジョエルの肩越しに大木を見上げながら、私は過去に想いを馳せた。

あの日私と出会っていなければ、ジョエルの生は違ったものになっていたかもしれない。あの出会いが、彼にとって長く苦しい生のはじまりだった。そのことを思うとやるせない痛みが胸に込み上げる。

過去の憎しみも痛みも悲しみも、きっと生涯消えることはない。でもジョエル、私はあなたに笑っていて欲しい。今この瞬間すらそこへ至る過程ならば、私は刻みつけられる全てを受け入れたい――

とはいえ、その後屋敷へ戻ってから、もう何度目かのため息が零れる。

ジョエルの好きにさせた結果、首筋から鎖骨にかけての鬱血痕が凄まじく、二日後の夜会で着る予定だったドレスが着られなくなったからだ。

「はぁ……困ったわね」

頭を抱えている私に、侍女のマーサが気遣わしげに紅茶を差し出す。

「奥様、どうせでしたら新しいドレスを買って頂いては？　今からオーダー品は流石《さすが》に間に合いませんけれど……」

「そうね、それもいいかもしれないわ」

「レイリントなんてどうですか？　旦那様の目が飛び出るほどのドレスを買って頂いてください！」

マーサは瞳を輝かせる。レイリントは今、王都で一番人気の高級ブティックだ。普段冷静で落ち着き払ったマーサが少女のようにはしゃぐので、思わず微笑んでしまった。するとマーサは少しバツが悪そうに頬を染めて俯く。

「申し訳ありません、わたくしったら」

「良いのよ、可愛いマーサが見られて嬉しいわ」

「お、奥様っ！」

「午後にでも来てもらえるよう手配してくれる？」

「ええ、勿論です！　すぐに手配いたしますね」

心なしかマーサの足取りは軽い。マーサはセンスも抜群でオシャレが大好きなのだ。ちゃんと聞いたことはないけれど、恋人がいるのかもしれない。休日の際は流行のドレスや小物をセンス良く着こなして、よく楽しそうに出かけている。ブティックのマネキンさながらな美人が恋人なら、隣を歩く男性もさぞかし鼻が高いだろう。

そんなマーサだから流行最先端のドレスを間近で見られるとなれば、当然黙ってはいない。

やっぱりマーサは可愛い、なんて思いながら私は紅茶を飲み干した。

「……という訳でジョエル、こちらがドレスの請求書です」

その夜執務室のソファで休憩するジョエルに請求書を手渡すと、ジョエルは一瞬眉根を寄せた。

「ちょっと調子に乗ってしまったかしら……ごめんなさい」

流石に遠慮がなさ過ぎたかしら、と少し反省する。

「いや……構わない。そうではなくて」

「ジョエル？」

「エマに……贈り物をしたことがなかったな」

言われてみればそうだったかもしれない。ジョエルとは元々不仲だったし、そんな期待はしたことがなかったから気にしたこともなかった。というより、かつての私ならきっと開封もせず捨てていただろうから何もくれなくて正解だった。

「私達のこれまでを思えば当然だわ。どうか気にしないで」

「これからも欲しいものは好きに買ってくれて構わない。俺は……こういう方面には疎い」

ジョエルはソファに身を沈め、項垂《うなだ》れた。そんなジョエルの隣に腰掛けて、その背に頭を乗せる。

「分かったわ、ありがとう。前世の私はちょっと……いいえ、かなり浪費家だったけど、今の私はそんなに物欲もないし、無駄遣いはしないわ」

「いや、気にせず使ってくれ。そこまで甲斐性なしではないつもりだ」

「ありがとう、その気持ちは嬉しいわ」

感謝の意を込めてジョエルの手を握ると、その手を取って甲に口付けられた。

「これから少しずつでいい、エマの好きなものを教えてくれ」

「ええ、ジョエルも教えてね」

「俺の？」

「そうよ、ジョエルの好きなもの」

「俺は……エマが居れば何もいらない」

私を見つめるジョエルの眼差しに、胸がぎゅっと締め付けられた。

孤独な幼少期のせいか、ジョエルは愛情に飢えている。一度だけお会いしたお義母様は、ジョエルと似た面差しのそれは美しい女性だった。けれど二人の間に漂う空気はどこまでも冷ややかで、二人の関係性を何となく察した。

どうしてジョエルがここまで私に執着するのかは分からない。でもこれだけは分かる。彼を満たせるのはこの世で私だけ。何故かジョエルは今も前世も私だけを求め続けているから――

「それじゃ、あなたに一つお願い」

「何だ？」

「夜会前だけでいいから……痕をつけるなら……見えないところにして」

釦《ボタン》を外して胸元を寛げて見せると、ジョエルはハッと目を瞠《みは》った。

「明後日着る予定だったドレスが着られなくなったの。だからこその買い物なのよ」

「……すまない」

ジョエルは立ち上がると私の背に手を回して抱きしめた。剥《む》き出しの肩口をくすぐるサラサラの銀髪をわざとグシャグシャに撫で回すと、更に深く抱きすくめられた。

「俺だけのものだと、証を残したくて堪らなくなるんだ」

これは前世の私がジョエルに残した傷痕。こんなジョエルに触れるたび、ごめんなさい、と縋《すが》り付いて詫びたくなる。けれど私達は約束したのだ。もう過去の件で謝罪することは互いにやめようと。

「私を信じられるまで好きにしてって言いたいけれど……時と場合によるわね」

苦笑混じりにため息をこぼすと、ジョエルは首筋の鬱血痕に舌を這わせた。

「んっ……」

「見えないところなら、良いんだな？」

返事を聞くまでもなく、ジョエルは私の背を撫でながら編み上げの紐を解く。そしてあっという間にドレスを脱がせてしまった。

「まっ、て……ここでするの？」

ジョエルはニッと唇に笑みを刻むと乳房をやわやわと揉みしだく。舌先が刻み付けた痕をつつとなぞり、羽先でくすぐられるようなこそばゆさに体が小さく跳ねた。

やがて乳首を舐め吸いしながら乳房の下の辺りをちゅっちゅと吸い上げられる。確かに服に隠れるところではあるけれど、本当にジョエルはどうしても痕をつけたくて堪らないようだ。

「くすぐったいわ」

くすくす笑いながら頭を撫でると、下肢に伸びた指先が下着に潜り込んで敏感な芽を摘《つ》まんだ。

「やんっ！」

不意打ちに変な声が漏れた。くにくにと芽を摘《つ》まんで擦り合わされると、ゾワゾワとした快感がせり上がる。それが膨れ上がり弾ける寸前でジョエルは動きを止めた。

「はっ……いや……」

中途半端に燻《くすぶ》る熱に、思わず不満が零れる。ジョエルは焦らすようにゆっくり私の下着を引き抜くと、私をソファに引き倒し、下肢を大きく割り開いた。

「やっ……！　ジョエル……」

閉じかけた足の間にジョエルは身を滑りこませる。そして内腿にちゅっちゅと音を立てながら痕を刻んでいった。

「や、やめっ……！」

ジョエルの頭を掴んで押し退けようとするけれどビクともしない。そのまま股座《またぐら》に向かってジワジワと口付けが降りてくる。羞恥と高まる期待とで思考が千々に乱れた。

「……っ！　あああ！」

最も敏感なところに吸いつかれてぐっと背がしなる。ぬるりとした舌がそこを柔らかく甚振《いたぶ》り、同時にツプリと泥濘《ぬかるみ》に指を差し込まれると視界が真っ白に砕けた。

「はっ……ジョ、エル……」

ジョエルはヒクヒクと蠢《うごめ》く襞《ひだ》を指先でなぞりながら、愛液に濡れる口元を袖口で乱暴に拭った。

初めて見せるその粗野な仕草にゾクリと下腹が疼く。

——まさか私、欲情している？

ジョエルはそんな私の表情を正確に読み取った。

「エマ、どうして欲しい？」

悪魔のように蠱惑的な微笑を茫然と見つめながら、私は初めて敗北感のようなものを味わっていた。

こんな男に本気を出されたら、敵うわけがない——

「今すぐ、抱いて……」

私は本能のまま強請《ねだ》るようにジョエルの腰に足を絡《から》めた。ジョエルは笑みを深めながら指を引き抜くと、いつの間にか取り出した切っ先で、ぐっと一気に奥まで貫いた。

「……っ！」

何度セックスしても、この最初の一突きは慣れない。眉根を寄せている私を気遣うようにジョエルは頬を撫でた。

「辛いか？」

「違、うわ。あなたの大きいから、少し体がビックリしてしまうの」

「そ、うか……」

私の中でジョエルがビクリと反応して膨れ上がる。密かに可愛い、なんて思いながら私はジョエルのシャツの釦《ボタン》を外していく。指先が震えてもたついていると、ジョエルは焦れたようにパクリと耳朶を食《は》んだ。

「ん……待って、もう少し」

シャツを脱がせると、現れるしなやかで無駄のない肢体。ジョエルは重戦士のような筋骨隆々というタイプではないけれど、引き締まって鍛え上げられた肉体はとても美しい。

見惚れながらしがみついたジョエルの体は燃えるように熱い。私を見下ろす瞳はギラギラと欲に濡れて、その恐ろしい程の色香に目眩《めまい》を覚える。その妖艶さに心乱されるたび、中がぎゅっと締まってジョエルが苦しげに眉根を寄せた。

「くっ……まだ、何もしてないぞ」

「気持ち良く、て……ジョエル、きて」

ちゅっと強請《ねだ》るように頤《おとがい》に口付けると、ジョエルは荒々しく腰を叩きつけた。その度にグチュグチュと響く卑猥な水音が羞恥を煽《あお》って頭がおかしくなりそうだ。

振り落とされないようジョエルに縋《すが》りながら、触れ合う素肌の心地よさに蕩かされる。

どこもかしこも気持ち良くて堪らない。抱かれて嬉しいのは気持ちが伴っているから？

わざと聞こえないくらい小さな声で好きと呟く。私の生涯ただ一人の男。ジョエル、あなたが好き。

ほんの僅かでも良い、あなたもそうであってくれたなら――

心の昂りと共に体も高みへと上り詰める。

「あぁぁぁ……っ！」

私が達《い》くと同時にジョエルも最奥で爆ぜる。同じタイミングで感じあえるのも嬉しくて、好きと愛おしいが胸に溢《あふ》れる。こんなセックスを私は知らなかった。

「ジョエル、気持ちいい……幸せ」

私の上に重なるジョエルを見上げて微笑むと、力を失ったはずのジョエルがまたビクリと反応する。

「……頼むから、煽《あお》るな」

汗を滴らせて苦しげに笑うジョエル。今ならマリカの気持ちが何となく分かる気がした。

この男を誰にも渡したくない、私だけを見て。そんな浅ましい独占欲が沸々と湧き上がる。

「ねえ、私はあなたに生涯の貞節を誓ったわ。できれば……あなたにも他の女を抱いて欲しくない」

ジョエルが他の女を抱く、なんて考えただけで頭がおかしくなりそう。私が淫婦と呼ばれていた頃、ジョエルはこんな気持ちだった？　そう考えると深い悔恨の念に駆られる。本当に私はどうしようもなく考えなしで愚かだった。

「エマ……何で泣くんだ？」

「私が淫婦と呼ばれていた頃、ジョエルもこんな気持ちだったのかと思ったら……今更悔やんでも悔やみ切れないけれど」

「俺が他の女を抱くのは嫌か？」

「嫌よ……きっと殺したくなるわ」

溢《あふ》れる涙をそのままに、ぷいっと顔を背ける。ジョエルはそんな私の顔に頬を擦り付けた。

「他の女なんて要らない。もしエマが裏切ったら俺は――」

「もう体がジョエル以外受け付けないのよ。無理、絶対裏切れないわ」

「そう、か。俺はエマの特別？」

「ん、特別で唯一の男」

ジョエルは私の背に腕を差し入れて抱き起こすと、包み込むように深く抱きしめた。

「エマも俺の唯一の女だ」

「え？　ジョエル、あれだけモテるのに？」

本気の恋愛はないとしても、てっきり若いころは後腐れのない人妻やら未亡人やらで適度に発散していてもおかしくないと思っていた。首を傾げる私にジョエルは、はあっとため息をつく。

「……エマが初めてだ。エマ以外の女を抱きたいとは思わなかったしな」

なんとなく申し訳ない気持ちが湧きつつも、他の女の影に怯えずにいられることが嬉しくもあった。

「私が最後まで責任を持つわ。ジョエルが求める限り、絶対離れないから」

「エマ……」

ジョエルが私の中でビクビクと膨れ上がる。すっかり硬さを取り戻したそれは私の中を苦しいほどに満たしていた。下からズンッと深いところを突かれて、全身が快感に震える。

「エマの中、熱い……蕩けそうだ……」

「待っ……んぅ」

深く口付けられ、下からゆるゆると弱いところを突き上げられた。更に抽挿《ちゅうそう》にたわむ乳房を揉みしだかれ、尖《とがり》を指の腹でクルクルと擦られると、快感に慣らされた体は呆気なく達《い》ってしまう。

きゅうきゅうと媚肉がジョエルを締め付けて、強請《ねだ》るように貪欲に絡《から》みつく。

ジョエルは切なげな吐息を漏らすと深く腰を入れて最奥で果てた。

グッタリと脱力した私の体をジョエルが抱き留めて、そのままソファに倒れ込む。

言葉はなくても二人を包む空気が甘い。なんとなく目が合って、どちらからともなく啄《ついば》むように口付けた。これまでにはなかった優しい時間。慣れないくすぐったさにどうしていいか分からなくて、私はジョエルにしがみ付く。込み上げる思いが言葉にならない。

「ジョエル……」

心地良い熱に包まれながら、私は迫りくる微睡《まどろみ》に身を委ねた。

★

「エマ……」

すうすうと腕の中で寝入るエマの中からそっと自身を引き抜く。途端にトロリと溢《あふ》れる互いの欲望の残滓《ざんし》に、熱い思いが込み上げた。

以前の発作のような荒々しさは今でも健在だが、エマとのセックスはそれだけじゃない。以前にはなかった距離の近さを感じる。

エマを誰より身近に感じられる日々は、俺の心を優しく満たしていくようだった。

エマ、この胸の奥から湧き上がる切ないような狂おしいような、でも温かい気持ちは何だろう？貪《むさぼ》り尽くしたい、けれど優しく甘やかして蕩かしてやりたい。相反する気持ちがせめぎ合い、俺を戸惑わせる。

誰も教えてくれない。ジョエルの気持ちを私が知るはずがない、とエマもつれない。

言葉にならない想いは日々膨れ上がるばかりだ。

向けられる笑顔に心は疼き、離れれば存在が恋しい。もっともっととエマを求める思いばかりが降り積もっていく。決して離れないと言って側に居てくれるのに、これ以上何を求めているというのか？

己の底知れぬ貪欲さにゾッとする。きっと長い間エマに飢えていたから、満たされるのにも時間がかかるのだろう。そう無理やり結論付けて視線を上げると、側机にあるパンジーが目に留まった。

——私を思って。

いつだって思っていた。何をしても頑《かたく》ななエマに俺まで頑《かたく》なになって、どう歩み寄れば良いかも分からなくなってしまったが、それでも心の底ではいつもエマのことを思っていた。

だが、あの頃より今はもっと切実で狂おしい。狂おしいほどエマの心が欲しい。

ああ、そうか。エマが俺の全てであるように、エマにも同じだけの思いを俺は求めていたのか。

全く……呆れるほどに欲が深い。

「エマ……」

思いが言葉にならなくて、ただ切なく名を呼ぶ。触れるだけの口付けは、媚薬のように甘く脳を酔わせる。存在を確かめるように何度も啄《ついば》んで柔らかな感触を味わう。

舌を差し入れようとしたところでハッと我に返った。ダメだな、エマの側に居るとすぐに発情して獣のようだ。

エマの柔らかい体を抱きしめて目を閉じる。あれだけ望んだ温もりが今腕の中にある。

これ以上何を望むというのだ？　今度こそ絶対に離さない。俺の、俺だけのエマ――

★

ついに迎えた夜会の日。正直行きたくはなかったけれど、社交も公爵夫人の勤めなので我儘《わがまま》は言えない。

先日購入したレイリントの新作ドレスを身に纏《まと》って鏡の前で何度もチェックする。ホルターネックタイプなので隠したいところは全て隠れている。

「奥様、これなら問題ないですね。ただ……」

「どうしたの、マーサ？」

「いえ、背中が大分広く空いておりますので、その……」

言いにくそうに口籠《くちごも》るマーサに、余計な気を遣わせて申し訳ない気持ちでいっぱいになる。

このドレスは背中の露出が大きくて、コルセットを締められない。胸元がカップになっているタイプなので、普段のドレスに慣れている身ではどこか心もとない。あけすけに言えば、このドレスはあまりに脱がせやすい。

マーサはジョエルが良からぬことをしでかさないかと警戒しているのだろう。こればかりはジョエルの普段の行いゆえなので仕方がない。

私は手渡された薄手のストールを羽織ってマーサに微笑む。背中が隠れていれば問題ないはず。

「心配しないで、問題が起こったらその時考えるわ。今日も朝からありがとう」

「そんな奥様……わたくし達は当然のことをしたまでですので、どうかお気遣いなく」

感謝の思いを込めてマーサの手を握ると、ノックと共にジョエルが現れた。

「エマ、準備は――」

「お待たせしてごめんなさい、今行くわ」

マーサに行ってきます、と目配せしてからジョエルに腕を絡《から》ませてエスコートを促す。

「エマ」

「どうしたのジョエル」

「そのドレス似合ってる、とても綺麗だ」

ジョエルはお世辞やおべっかの言える男ではない。全部真実、本心なのだ。それが分かってしまうから自然と顔が赤らんでしまう。

「ありがとう……あなたも素敵よジョエル」

白地に金糸をあしらった壮麗な騎士の正装は、あたかも物語の王子のようでジョエルに良く似合っていた。ジョエルも嬉しかったのか、照れ臭そうに頬を緩める。

そんな私達を微笑ましげに見ているマーサの視線に気づいて、居たたまれずにジョエルを急かして部屋を出た。


会場で一通り最低限の挨拶を済ませて、ホッとため息をつく。

「疲れたか」

「いいえ、大丈夫よ」

ジョエルの労《いたわ》るような眼差しを受けて、ふと前世ではこんな風に社交場に出る機会がなかったことを思い出した。見上げるとジョエルが「どうした」と顔を覗き込んでくる。

「前世の私達は夫婦なんて呼べないわね。今こうして当たり前のように二人で夜会に出ていることが少し不思議な感じがしたのよ」

「そうだな。前世では当たり前のことすらできなかったんだな」

ジョエルの影を孕《はら》んだ苦い笑みに胸が詰まる。

「でも、あの前世があったから今あなたとこうして一緒に居られるんだわ。どん底まで落ちなければ私は何も変われなかったもの」

「エマ……」

ジョエルは人目も憚《はばか》らず私を抱きしめた。フワリと香るシトラス。ジョエルの香水好きだわ、なんて思いながらそっと目を閉じる。

「お取り込み中の所すいません！」

ハッと顔を上げると、以前ラガートと名乗った騎士が頭を掻きながら困ったように笑っていた。

「まあラガートさん、またお会いできて嬉しいわ」

慌ててジョエルの腕から逃れてラガートに微笑む。

「夫人は今日もホントにお綺麗ですね……って団長、挨拶くらい良いでしょ⁉　そんな睨まないでくださいよ」

「ええと、ジョエルに何かご用ですか？」

「はい！　陛下が視察の件で確認したいことがあると団長を探しておられました」

「……分かった」

ジョエルは大きなため息を一つ吐くと、ぐっと私の腰を抱き寄せて頬に口付けた。

「ラガート、少しエマを頼む。余計な私語は禁止だ」

「万事心得ております」

ラガートが道化師のようにおどけた礼をすると、ジョエルは嫌そうに顔を顰《しか》めた。

「私は大丈夫よ、陛下をお待たせしてはいけないわ。行ってきてジョエル」

安心させるように微笑むと、ジョエルは一瞬切なげに睫毛《まつげ》を震わせ踵《きびす》を返した。

「ラガートさん、私の相手なんてさせてごめんなさいね」

「いえいえ、むしろ役得です」

「ふふ、楽しい方」

ラガートは陽気で明るい人物のようだ。何だか一緒にいるだけで楽しい気分になる。

「それにしても団長、夫人にデレデレですね。あんな風になるとは誰も思いませんでしたよ」

「デ……そう見えますか？」

「ええ、団長のあんな蕩けそうな甘い顔初めて見ました。夫人と結婚して、団長は本当に変われた」

「以前のジョエルはどんな？」

「そうですね……大体貴族出身の騎士なんて、実力もないくせに身分を笠に着たイヤなヤツが多いんですけど、団長は違いました。お母上のことでかなり嫌がらせを受けてましたけど、耳を貸すこともなく誰よりストイックに努力してましたね」

ジョエルの出自は私もかつて嘲《あざけ》った記憶がある。本人には何の落ち度もないのに、私は、愚かな貴族たちは、どれだけジョエルを傷つけてきたのだろう。

「自分は団長に心酔してるんです。今の地位に昇られるのは並大抵の努力ではなかったはずです。

それこそ血反吐を吐くような……それなのに団長は……」

「ラガートさん？」

歯切れ悪く言葉を切ったラガートに思わず首を傾げる。ラガートは何かを思い出すかのように遠くに視線を馳せた。

「自分の口から言っていいのか分かりませんけど……夫人が病を得ていた時、団長は側に居たいからと辞職を陛下に願い出たんです」

言葉が出なかった。ジョエルは私のために苦労して築き上げた地位を捨てようとしたというの？

「やはりご存じなかったんですね。団長って本当口下手だし不器用だよなぁ」

「……何故その話を私に？」

ラガートはふっと垂れ目がちな瞳を細めた。

「団長の気持ちを、本当の姿を夫人に少しでも知っていて欲しいから、かな」

「本当の、ジョエル……」

「はい。きっと夫人には見せないでしょうけど、あの人はもの凄い努力の人なんです。あまりにも自分に厳しい。昔はもっと鬼気迫るほどでしたよ。だから夫人だけはどんな団長も受け入れてあげて欲しい……って男の勝手な願望なんですけどね、すいません」

「ラガートさん……」

ニッコリ人好きのする笑みを浮かべるラガートを呆然と見つめる。

彼は本当にジョエルが好きなのだと伝わってきた。きっと私以上にジョエルのことを理解している。こんな人がジョエルの側に居てくれて良かったと心から思えた。

「あなたのような方が側に居てくださって、ジョエルも幸せだと思います。どうかこれからも夫をよろしくお願いします」

微笑むと、ラガートは少し顔を赤らめながら鼻の頭を掻いた。

「いえ、自分などまだまだ――」

「ご苦労だったなラガート。もう帰っていいぞ」

「え!? 団長、早かったですね！」

ジョエルはラガートに冷たい一瞥《いちべつ》をくれると、私を見て僅かに笑んだ。

「分かりましたよ、邪魔者は消えまーす。夫人、今日も話せて光栄でした。またお会いできるのを楽しみにしてます！」

「ええ、ありがとうラガートさん。また是非」

ニッコリ微笑み合うと、今度こそラガートはピシッと騎士の礼をして去っていった。

「お帰りなさいジョエル」

「ああ、楽しそうだったな」

言葉に含まれる刺《とげ》に気付いたけれど、敢えて無視する。

「楽しかったし有意義だったわ。またあなたのことが知れた」

「俺のこと？」

「ええ、あの方は本当にジョエルが好きなのね。どうか大事にしてあげて、きっとあなたにとってなくてはならない方だわ」

　ジョエルは何も答えないまま、私の腰に腕を回した。

「何を聞いた」

「あなたがどれだけ努力して今の地位を得たか……そしてその全てを私のために捨てようとしたことも」

「え？」

「エマのためじゃない」

「自分のためだ。俺がエマの側に居たかった、それだけだ」

　何でもないことのようにジョエルは淡々と告げた。本当にこの男は――

「やっぱりあなた馬鹿ね」

「ああ……」

「何のためにその地位を得たの」

「自分の実力を試したかっただけだ」

「未練はないの？」

「俺は愚かにもまた大事なものを失いかけたんだ。それを護るためなら未練などない」

　はあっと深いため息をついて、脱力した体をジョエルに預ける。

　彼は躊躇《ためら》いもなく私と心中できる男だ。きっと言葉通りスッパリと切り捨てられるのだろう。

　やっぱり怖い男。

私のためなら躊躇《ためら》いもなく全てを捨ててしまう。積み重ねた辛苦すら惜しまずに。でも——嬉しい。彼の全てが私に向かっている、その事実にどうしようもなく喜んでしまう。

「あなたもあなたなら、私も大概ね」

「エマが？」

「ええ、あなたのその気持ちを嬉しいと思ってしまうから」

「エマ……」

ジョエルは私の手を取って口付ける。私を見つめる切なげな眼差しに心が震えた。

「言ったはずだ、エマは俺の全てなのだと」

胸が一杯になって堪らずにジョエルにしがみついた。すると腰に回されていた手が徐々に上がり、ストールの下に隠された剥《む》き出しの背を撫でる。

「後ろ、こんなに開いてたんだな」

「ええ、でもストールで隠れているから問題ないわ」

背を撫で回していた掌が、脇の辺りからドレスの下に潜り込んで乳房に直に触れた。膨らみに指が沈み込んでピクリと体が震える。

「ちょっ……！」

慌てて離れようとしたけれど、もう片方の手でガッシリ腰を掴まれていて身動きが取れない。

「ジョエル」

「他の男の前では絶対にストールを外すな」

「わ、かったわ……っ！」

胸の先を引っ掻くようにひと撫でするると、ジョエルの手はゆっくりと背に戻った。恨めしく睨む私に、ジョエルはふっと目を細める。

「エマ、可愛い」

「バカ！」

ドンと胸を叩いてもジョエルは珍しく楽し気に笑っていた。何だか毒気を抜かれて首を傾げる。

「どうしたの？　今日のあなた、何だか変よ？」

「いや、エマを独り占めできるのは気分がいい。前世ではできなかったことだ」

女王気取りで取り巻き達と戯《たわむ》れていた前世の私。その時のジョエルの心を思うと罪悪感ではち切れそうだ。その痛みを無理やり振り払うよう微笑む。

「ねえジョエル、踊りましょう」

「ああ、喜んで」

ジョエルは恭《うやうや》しく一礼すると私の手を取ってホールまでエスコートした。彼は所作まで洗練されていて美しい。令嬢達から注がれる熱い眼差しを痛いほど感じる。けれどジョエルの瞳に映るのは私ただ一人。

「私もあなたを独り占めできて気分が良いわ」

ジョエルは何も言わずに甘く微笑んだ。ドキリと胸が高鳴る。不意打ちにその顔は反則だわ……

「どうした？　顔が赤いな」

「……少し人に酔ったのかも知れないわね」

主にあなたに、なんて恥ずかしいから意地でも言わないけれど。

「この曲が終わったら帰ろう」

「ええ」

「早く二人になりたい」

「そう、ね」

なんだか私だけ心乱されているのが癪《しゃく》で、わざと足を踏んでみたりしたけれど、ジョエルは楽し気に笑うだけだ。こんなに胸が忙しないのも、仏頂面で不機嫌以外のジョエルに慣れていないから、きっとそのせいだわ。

そう無理やり結論づけてジョエルを見上げると、この上もなく甘い微笑で見返された。

――もう、本当に調子が狂うわ。

ドクドクと痛いほど高まる鼓動に内心戸惑いながら、私はジョエルのスマートなリードに身を委ねた。

★

パンジーの花言葉――私を思って。
それを知った時、この花をジョエルに捧げたいと思った。ロンを介してジョエルの手に渡ったそれは、日中は日当たりの良い彼の執務室に飾られている。夜会から数日たったある日、私は水やりのためそこを訪れていた。

「え⁉」

思わず水差しを取り落としそうになる。そんな私をジョエルは面白そうに見ていた。

「どうしてジョエルがこの花の花言葉を知っているの？」

「ロンが教えてくれた」

慌ててジョエルに背を向ける。ロン、余計なことを……きっと今私の顔は真っ赤になっているはずだ。

「わ、私明日の茶会の準備をしないと！」

「エマ」

背後から手首を掴まれた。

「嫌」

「何故？」

「きっと酷い顔してるから」

ジョエルはぐっと腕を引いて私を無理やり振り向かせた。

「赤い」

「分かってるからいちいち言わないで！」

開き直ってジョエルを睨むと、紺碧の瞳がじっと何かを探るように見下ろす。

「照れてるのか？」

「だ、だからいちいち――」

「思いを言葉にしろと言ったのはエマだぞ」

悔しいけれどその通りだ。きっと私の気持ちを聞くまでジョエルは解放してくれない。

ふうっと観念のため息を一つ。

「そうよ、照れてるの。恥ずかしいから」

「どうして恥ずかしいんだ？」

「花言葉を知ってジョエルに渡したいと思ったのよ、恥ずかしいじゃない……」

「俺の心が欲しいんだろ？　それの何が恥ずかしいんだ？」

この男、情緒が壊れているのかしら。自分の言ってることが既に恥ずかしいという自覚がないらしい。

「俺だって……エマの心が欲しい。ずっと側にいてくれるだけでいいと思っていた。だがそれが叶えられたら欲が湧いた。呆れるか？」

握られている手首がジワジワと熱を持つ。鼓動の音がドクドクと耳にうるさい。

「あのね、心が欲しいってことは、愛を乞うのに等しいのよ。あなた分かってる？」

「愛？」

面食らったようにジョエルは目を見開く。無自覚なのね、人の心をかき乱して本当にタチの悪い男。

ジョエルは躊躇《ためら》いがちに私の頬に触れた。

「俺はエマのすべてが欲しい。それは愛と何が違うんだ？」

「その答えを持ってるのは……あなただけだわ」

途方に暮れた様子のジョエルに思わず苦笑する。ジョエルは愛が分からないという。今まで誰にも愛されたことがないからと。

「エマ……」

ジョエルは縋《すが》るように私を抱きしめた。彼が私を大切に思ってくれているのは日々痛いほど伝わってくる。でもその思いが何かまでは私にだって分からない。

「死……」

「きっと私かあなたが死ぬ時までには……その答えが見つかるはずよ」

「エマ……」

「そこそこ先は長いはずだもの、焦る必要はないわ」

ジョエルの腕に力が入る。加減を忘れているようで少し、いやかなり痛い。

「どうしたの？　痛いわジョエル」

「すまない……でも俺が死ぬ時エマが側に居てくれると思ったら、何だか堪らなくなった」

「いいわ、今生は私が看取ってあげる」

「本当か？　それまでずっと俺の側に居てくれるのか？」

「ええ、約束するわ。もっとも二年後離縁してなければ、だけど」

「……しない、絶対に」

ほんの冗談のつもりだったのに、ジョエルには通じなかった。

地を這うような低い声音が静かな怒りを湛《たた》えているようでゾクリと背筋が粟立《あわだ》つ。

「冗談が過ぎたわ、ごめんなさい」

「いや……俺こそすまない」

ジョエルの体から力が抜けて、ホッと息をついた。彼は狂気を飼っている。こうして時折現れるそれに、ふと前世の最後の夜を思い出した。

理性を失い激しく私を犯したジョエル。あの日マダムは何度も断って良いと言った。ああなることが彼女には分かっていた？　でも何故？

「ジョエル、あなたとあの娼館のマダムにはどんな関係があるの？」

「唐突だな」

「思い出したの。ジョエルが来た日、マダムは断っても良いって何度も言ってた。そんなことは初めてだったのよ」

「マダムは……」

ジョエルは私を抱きしめながら優しく髪を撫でた。

「亡きカレンガ侯爵夫人の妹、エマの叔母にあたる方だ」

「叔母？　そのような方が居るなんて……聞いたことがないわ」

「まだエマが生まれる前、悪い男に引っかかって駆け落ちしたらしい。実家には勘当されて、居ないものとして扱われているようだな」

「そんなことが……マダムはあなたのことも私のことも全部知っていたの？」

「ああ、あの娼館は母の古巣で、経緯は知らないがマダムは母のいわば同僚だった。父に身請けされた後もマダムと母は交流があったから、俺のことも知っている」

それはつまり、あの娼館はヴァルク家と深い繋がりのある場所、ということ。放っておけば無様に野垂れ死んだというのに、ジョエルはわざわざ私をそこへ置いてくれた。

「……馬鹿……あなた本当に馬鹿だわ……」

あれだけ身も心も蝕《むしば》まれながらも、ジョエルは本当にギリギリの境涯で私を守ろうとしてくれていた。私はそんなことなど何も知らず、ただジョエルを疎んで恨んで——

「ばか……」

涙が溢《あふ》れた。胸が痛くて痛くて堪らない。ジョエルを傷つけ苦しめることしかできなかった私を、どうしてそこまで……

『エマは俺の全て』とジョエルは言うけれど、そうとしか表現できないんだわ。

俺の全て——

これ以上の言葉がどこにあるというの？　私に同じだけの思いを返せる？

「ごめんなさい、私はあなたにこれ以上何もあげられない……」

見上げると、ジョエルは瞳を細めながら優しく涙を拭った。

「エマが側に居て、日々を過ごせている。それだけで俺は幸せだ」

優しい微笑に胸の奥がコトリと音を立てる。ジョエルの美貌なんて見慣れているけれど、その笑みは反則だ。

「……好き、好きよジョエル」

伸び上がって触れるだけのキスをすると、ジョエルは呆然と私を見下ろしていた。

「……もう一度……」

「私はジョエルが好き……え、ちょっ、きゃっ！」

ジョエルはいきなり私を抱き上げると、隣室の簡易休憩室へ連れ込んだ。少し乱暴にベッドに下ろされて、すかさず上から覆いかぶさってくる。

「ま、待って！　今朝もしたばかりよね？　夜にしない？」

「無理だ。あしたは休日だからいくらでもできる」

ギラギラと情欲を灯らせた瞳に半ば諦めの気持ちが湧く。スイッチを入れたのは私だ。こうなるとジョエルを止めるのは至難の業だ。

「好き」の破壊力を前に、今後は時と場合を考えなければ、と密かに認識を改める。

迫りくるジョエルの熱に覚悟を決めながら――

翌日、気怠い体に鞭打って私はジョエルと街へ買い物に出ていた。

――エマに贈り物がしたい。きっかけはジョエルのその一言だった。私に何もプレゼントをしたことがないと気付いて以降、どうやら彼なりに気にしていたらしい。とはいうものの、今生の私には物欲がない。そもそもドレスや装飾品、身の回りの調度品に至るまで、ヴァルク邸では既に最上のものが調えられている。だから改めて欲しいものと聞かれても首を捻ってしまう。

結局何も決まらないまま、とりあえず休日なのだし街へ出てみようということになった。

「こうして二人で買い物なんてはじめてね」

ジョエルは私の歩幅に合わせるようゆっくり歩く。私に対してこんな気遣いを見せるだなんて、以前ではとても考えられないことだ。本当に何もかもが変わった。ジョエルも、私も。

「そうだな」

ジョエルの瞳が優しく細められて、内心ドキリとする。近頃私を見る目が時折酷く甘くて戸惑ってしまう。

すっと目を逸らすと、チラチラとこちらを見ている女性達の視線に気付いた。目立たないように、との私の要望通り、ジョエルの装いはベストを重ねたシャツにトラウザーズと至ってシンプルなものだ。身分を示すようなものは何もない。

それでも生まれ持った美貌ばかりはどうにもならない。何処《どこ》にいたってジョエルは目立ってしまう。

ふうっとため息をつくと、ジョエルはどうした、と僅かに首を傾げた。

「自覚なし？　それとも慣れているの？」

「何のことだ？」

「あなたを見つめる女性達の視線。気付いているんでしょう？」

「ああ……気にするな」

柔らかく解れていたジョエルの眉間にぎゅっと皺が寄る。

「美人すぎるのも困りものね」

「……からかうな」

心底嫌そうにムッツリ顔を顰《しか》めるジョエルに思わず笑ってしまった。

「本心よ。でも、誰にも渡さないから」

下から覗き込むと、止める間もなくジョエルは私の唇にちゅっと触れるだけのキスをした。途端周囲から聞こえる悲鳴に軽い目眩《めまい》を覚える。

「ジョエル……」

「見せつけた方が早いだろ。それと」

ぐっと腰を掴んで引き寄せられた。

「俺もお前を一生誰かに渡すつもりはないからな」

ジョエルはどこか自嘲するように唇を歪めた。そんな表情すら悪魔のように蠱惑的だから困ってしまう。

「バカ」

上目遣いに睨むとジョエルは嬉しそうに微笑した。そこでハッと我に返る。

「と、ともかく早く行きましょう！」

周囲のなんとも言えない空気に追い立てられるように、私はジョエルの手を引いて先を急いだ。

大通りに出ると、歩道は露店で埋め尽くされていた。

いつもより人出も多く祭りのような賑わいだ。

「今日は何かあるのかしら？」

「ああ、そういえば――」

何かを言いかけて、ジョエルは素早く身を翻《ひるがえ》した。

「お前……気配を消して背後に立つな」

「ぐあっ……！　痛てててててっ！」

「まあ！　ラガートさん！」

恐らく条件反射だったのだろうが、手を掴んで捻り上げられたラガートが苦悶《くもん》の表情を浮かべていた。

「くあー痛ってえ……容赦ねぇな」

ヒラヒラと手を振りながら目を眇《すが》めるラガートに、ジョエルは半眼になる。

「何でお前がこんなところに」

「俺の実家が商家なのは知ってますよね。非番の日はこうやって駆り出されることが多いんですよ。なんせ今日は月に一度の青空市ですから」

憂鬱《ゆううつ》そうにラガートがため息をついた。

「お店、何を出されているんですか？」

「あ！　夫人！　そんなシンプルな装いでも綺麗っすねーさすがです！　良かったらウチが商品を出しているところ、すぐそこなんで見てってくださいよ」

有無を言わさずラガートは、後ろから私とジョエルの背をグイグイと押す。

「ここですよ！　いやあこんな美人が来てくれたら良い宣伝にもなりますね！」

広げられた絨毯の上には、アクセサリーや小物類がオブジェのように飾り付けられていた。商品の見せ方にセンスの良さを感じられて、見ているだけでも楽しい。

「いらっしゃいませ。どうぞゆっくり見て行ってくださいね」

品物の奥には清楚な美人がにこやかに佇んでいた。可愛らしい方、と微笑ましく見つめていると、ラガートがすぐに気付いて彼女を指差す。

「あ、これ自分の妹のリリです。リリ、こちら団長ご夫妻だ」

「まあ！　お噂はかねがね……いつも兄がお世話になっております」

リリは深々とお辞儀をする。

「こちらこそラガートさんには夫がいつもお世話になっております」

「いやあ、自分なんてまだまだ……ぐっ！」

脇腹にジョエルの肘鉄を食らってラガートが呻いた。涙目で文句を言うラガートをジョエルは涼しい顔で流している。やはりジョエルにとってラガートは気を許せる存在らしい。

そんな二人を微笑ましく思いながら品物を眺めていると、王都では珍しい複雑な刺繍の入った小物や宝石に目を奪われた。

「奥様の瞳を一目見て、この石が浮かんだんです」

そう言いながらリリが琥珀色のシンプルなピアスを差し出してきた。

「ヘーゼルアンバーといって、南方の一部の地域でしか取れない珍しい琥珀なんですよ」

「まあ、綺麗だわ。光の加減で不思議な色合いを見せるのね」

「ええ、王都に限らずかなり希少な品なんです」

私がピアスを受け取ってチラリとジョエルを見上げると、ジョエルは僅かに目を細めた。

「気に入ったのか」

「ええ、これをジョエルに着けて欲しい」

「……は？」

「ああ！　それは良いですね！」

リリが手を叩いてはしゃぐ。

「互いの色彩を身に纏《まと》うのは今、王都の夫婦や恋人の間では一般的なことなんですよ」

知らなかったらしく困惑気味のジョエルに、ラガートが親切に解説をしてくれた。

「そう、なのか」

「それでしたら奥様にはこちらなど如何《いかが》でしょう？」

差し出されたのはラピスラズリのティアドロップピアス。その碧《あお》がジョエルの瞳を彷彿《ほうふつ》とさせて思わず目を奪われた。私が言うまでもなく、ジョエルはそれを摘《つ》まみ上げ、リリに手渡す。

「両方もらおう」

「ありがとうございます！」

代金と引き換えに手早く包装されたものを受け取ると、ジョエルは僅かに微笑んだ。その瞬間リリの頬がボッと染まったのを私はしっかりと見てしまった。何だかモヤモヤする。ジョエルにもリリにも非はないけれど、人心を惑わせるようなジョエルの美貌が今は少し憎たらしい。

「夫人、心配しないでください！　団長はガチで夫人一筋ですから！」

「まあラガートさんたら……」

なんて目端の利く人だろう。醜《みにく》い本心を見抜かれたようで思わず苦笑する。

「団長ほどの美形はそう中々お会いできませんからね、美しいものに敏感な商人の性《さが》だと思って許してやってください」

違う、悪いのは私の心映えの方。私ってこんなに嫉妬深い人間だったかしら？

「ジロジロ見てしまってすみません！　その……団長様があまりにお綺麗なもので……」

私とラガートの会話にエプロンの裾を握ってモジモジするリリは純粋な乙女のようで愛らしい。

「いいえ、リリさんは何も悪くないわ。私こそ狭量でごめんなさいね」

「奥様、狭量だなんてとんでもない！　寛大なお心に感謝いたします」

ペコリと頭を下げると、リリははにかんだように笑った。

「今度是非店の方にも来てください！　センスと品質は保証しますから！」

ラガートが自信ありげにドンと胸を叩いた。滲み出る誇りが小気味いい。

「ええ、伺います。必ず」

その後ゆっくり市を楽しんで、日が落ちかかった頃ようやく帰ることにした。

馬車に揺られながら沈みゆく夕日を眺める。結局買ったものといえばラガートの店でのピアスのみ。ジョエルはそれが不満なようだ。

「もっと我儘《わがまま》を言ってくれていいんだぞ」

「十分よ。いい買い物ができたし、あなたと初めてデートもできた」

「エマ……」

ジョエルはぎゅっと私を抱きしめる。嗅ぎ慣れたシトラスと伝わる温もりが今は妙に恋しかった。

「あまり可愛いことを言うな……」

背に腕を回してしがみつくと、どちらのものとも分からない鼓動を感じた。

「ジョエル……」

ジョエルと過ごした一日はとても楽しかった。心が満たされると同時に、自分の内に潜む浅ましさにも気付かされた。これまで想像はしていたけれど、実際に直面するのとでは訳が違う。

ドロドロと心を蝕《むしば》むような醜《みにく》い感情。きっとこれはジョエルを苦しめているものと同種の感情だ。

こんな辛く悲しいものを前世から引きずっていただなんて——

「ごめんなさい……」

「何を謝る」

「私……どうしようもなく身勝手で我儘《わがまま》で……あなたの苦しみが、やっと少しだけ分かったのよ」

ジョエルは宥めるように私の背を撫でた。そんな些細な優しさにすら全力で縋《すが》りたくなってしまう。

こんな気持ちを抱えていたジョエルを私は振り払い、拒み続けていたんだわ——

胸が痛い……人を傷つけることがこんなに自分を苦しめることになるなんて、私は知らなかった。

「過去のことで謝罪するのはやめようと決めただろう」

「うん……」

「何かあったのか」

私は俯いてジョエルの胸に顔を埋めた。

「……たの」

「え？」

「嫉妬、したの……ジョエルがリリさんに微笑んだことに」

「嫉妬？　エマが俺に？」

「そうよ。私にだって……まあ最近は笑ってくれるようになったけど、それでもそうそう見られないのに、他の女性に優しく微笑むなんて……何だかモヤモヤしたのよ」

言葉にすると何だか恥ずかしくて居たたまれなくなってくる。こんな些細なことで、と流石《さすが》に呆れるわよね。顔を上げることもできないでいる私を、ジョエルは更に強く深く抱きしめた。

「……我慢できなくなりそうだ」

「え？」

「エマに求められてるようで嬉しい」

「ジョエル……」

本当に私はバカだわ。ジョエルがどれ程私だけを求めているか分かっていたはずなのに、ジョエルのことが好きと自覚してからは些細なことにすら心を乱されてしまう。

「私……あなたが好きなの」

そろそろと見上げると、狂おしげなジョエルの眼差しとかち合った。

そう、欲深い私はこうしていつもジョエルのすべてで求められたいんだわ。

「狭量な私を……許して？」

そっと頬を撫でると、噛み付くように口付けられた。性急に舌を絡《から》めて深く貪《むさぼ》り合うようなキス。

思わず溢《あふ》れた吐息に甘い媚が混じる。

ジョエル、あなたが好きよ。

こうして求められることで気持ちを量ろうとする、ズルい私を許して——

★

叔父の件で気落ちしている父と兄が心配で、心を取り戻してから私は週に一度実家に顔を出していた。

帰りは必ず都合をつけてジョエルが迎えに来てくれる。私が頼んだわけではないけれど、いつの間にかそういう決まりになっていた。

「んーエマの淹れる茶はうまいなあ」

いまだカレンガ家に滞在中のロヴィお兄様は満足そうに笑った。数年ぶりに会う親戚と旧交を温めている、という建前でカレンガ家に滞在したまま王宮には一向に戻ろうとしない。

「お褒めにあずかり光栄ですわ、クローヴィス殿下」

途端にロヴィお兄様が顔を顰《しか》めたので、思わず吹き出してしまった。

ロヴィお兄様は王族ながら不必要に丁重に遇《ぐう》されることを嫌う。私は笑いながら普段どおり彼に尋ねた。

「まさか帰国なさるまでここに居られるつもりですか？」

「そのつもりだ。ここにいた方がエマにも会えるしな」

「もう何度言ったか分かりませんけど、私これでも人妻ですから。ジョエル以外の男性は要りません」

つんと顎を逸らすと、ロヴィお兄様はくくっと喉を鳴らした。

「可愛いなあエマ。そういう頑固なとこはホント変わんないんだな」

「そんな昔のこと覚えてません」

「お前は雛鳥のように俺の後をくっついて離れなくてな、ホント可愛かった」

覚えている。幼い頃の私は本当にロヴィお兄様が大好きで大好きで、片時も離れたくなかった。

「エマの初恋が俺なんて光栄だな」

「それは――」

言葉に詰まっていると背後でガタッと音がした。振り返ると扉口にジョエルが佇んでいた。私はさっと立ち上がって駆け寄る。

「ジョエル、気が付かずにごめんなさい。今お茶を――」

「いや……」

ジョエルは硬い表情のまま頭《かぶり》を振る。

「ヴァルク公、折角来たんだから座れよ。エマの茶は美味いぞ」

ロヴィお兄様はティーカップを掲げてウィンクする。

「もう！　暇人のお兄様と違ってジョエルは疲れてるのよ！　ジョエル早く帰りましょう」

「エマ、殿下のせっかくのお誘いだ。無下にはできまい」

「え？」

見上げると、ジョエルの視線はロヴィお兄様に注がれていた。ロヴィお兄様も楽しげにその視線を受け止めていて、二人の間にバチバチと火花が散る幻覚が見える。

「分かってるじゃないかヴァルク公。エマ、頼む」

「え、ええ分かったわ」

何やら穏やかならぬ空気に不安を感じながら、ワゴンのティーセットから茶葉を取り出す。ジョエルは香り豊かなフレーバーティーが好きだ。丁度今日評判のアールグレイを手に入れたから、とびきり美味しく淹《い》れてあげよう。そう思っていたのに、向こうからは少々不穏なやりとりが聞こえてくる。

「回りくどいのは好かないから率直に言うけど、俺はエマが好きだ。だから公との以前の約束は俺の中で生きている」

約束って私が承諾したらベッドに引きずり込むというアレ、よね？

「エマが首を縦に振ったら、ですが」

私が差し出した紅茶を受け取ると、ジョエルはうっとりする程優雅に啜《すす》る。

「へえ、余裕なんだな」

「絶対首を縦になんて振らないわ。いい加減諦めてお兄様」

「この諦めの悪さは血筋じゃないか？　俺の親父もそれはしつこく、執念で母を口説き落としたらしいからなあ」

束の間言葉を失う。ロヴィお兄様のことは好きだけれど、あの頃の淡く純粋な恋心とは全く違う。気持ちのない相手にいくら迫られても迷惑なだけだ。

娼婦までやっていた私が、こうして一人の男に操立てしているだなんていまだに信じられない。だけど今の私には前世のような娼婦も火遊びも絶対に不可能だ。きっとそんなことをするくらいなら、喜んでジョエルの手にかかる道を選ぶ。

「まあこの世には永遠も絶対もないからな。俺は気が済むまでエマを諦めない」

「勝手にすれば良いわ」

私はジョエルの腕を引いて帰るよう促す。ジョエルは立ち上がると嫌味ったらしいくらい優雅に恭《うやうや》しく一礼した。

「妻の我儘《わがまま》には逆らえませんので、こちらで失礼いたしますクローヴィス殿下」

ロヴィお兄様のこめかみにピシッと青筋が走った気がしたけれど、見なかったことにした。


馬車に乗り込んで二人きりになると、ジョエルは無言で外の景色を眺めていた。何だか様子が変だ。

「ジョエル、さっきは気分を害したわよね、ごめんなさい」

ジョエルは視線を窓の外へ向けたまま、いや、と首を振った。私はジョエルの手を握る。

「何か言いたいことがあるなら言って」

ジョエルは唇を開きかけて、引き結んだ。

互いに嘘偽りがなくなって、私達の距離は縮まった。思っていることをできる限り率直に伝え合って、以前では考えられない程良好な関係を築けている……と思う。

ならばこれは一体どうしたというのか。聞き出したい、けれどと思い直す。

人には触れられたくない領域がある。そこに無遠慮に踏み込むのは良くないのではないか。

私はジョエルの肩にポスッと頭を乗せた。

「いいわ、無理には聞かない。でもあまり溜め込み過ぎないでね。爆発したら困るもの」

わざとらしいくらい明るく冗談のように笑うと、ジョエルの手が私の腰に回ってぐっと力を込める。

「側に居てくれればいい。俺だけの、エマで居てくれれば……」

「……そう、分かったわ」

私は座席に膝立ちで乗り上がると、ジョエルの頭を胸に抱きしめた。頭を撫でているうちに、強張ったジョエルの体から徐々に力が抜けていく。

「お帰りなさいジョエル。今日もお仕事お疲れ様です」

「エマ……」

ジョエルは私の胸に顔を埋めた。

「昔心に決めた人がいると言っていたな。それは……クローヴィス殿下のことだったのか」

確かにそんなことを言った。お前になど決して心は渡さないとまで……本当にあの頃の馬鹿な私を殴って正気に戻してやりたい。

「ええ、幼い初恋だった。でも今お兄様にそんな気持ちは抱いてないわ。強いて言えば……セドリックお兄様に対する好きと似ているかしら」

男としての好き、ではなく肉親への親愛の情。それが今のロヴィお兄様への素直な気持ちだ。

ジョエルはもしかしたら……聞くのが怖かった？　私がマリカのことを聞くのを恐れたように。

「ごめんなさい、不安にさせて。全部過去のことよ」

ジョエルの腕に力がこもる。あまりの強さに一瞬息が詰まった。

「……分かっている。だが感情がついていかない」

「ジョエル……」

「俺はどうしても……エマの心を奪うものが憎い……憎くて憎くて堪らない……っ！」

ぎりぎりと締め上げるように強まる腕の力に、私は抱きしめ返すことしかできない。何があってもジョエルの側にいるのだと安心させるように。

「今はあなただけのエマよ。絶対に離れない。ずっとあなたの側にいるわ」

「エマ……」

ジョエルの頬を両手で包んでそっと口付ける。ちゅっちゅと啄《ついば》むように何度も何度も。

やがてジョエルの表情が和らいできたので、コツンと額を合わせた。

「でもね、あなたも酷いわ。勝手に浮気の了承をするだなんて」

「そう……だな。俺はお前を何度も試そうとした。本当にどうしようもな……っ！」

さわさわと頬をなぞりながらジョエルの耳をぐっと引っ張った。何だか無性に憎たらしくなったのだ。前世の私を覚えているなら仕方ないとは思うけれど、心を試されるのはやはり面白くない。

「もう絶対に私を試そうとしないで。あなたにはできる限り誠実で正直でいるから」

「分かった、約束する」

ジョエルは縋《すが》るように再び私の胸に顔を埋めた。

「エマ……ごめんな」

切なげな声音に何だか堪らなくなって、私はジョエルの背を優しく撫でた。

今心を満たす思いに私は気付き始めていたけれど、まだ認めるのが怖くて、その思いからそっと目を逸らした。

屋敷に戻ると、ジョエルは自室へ向かおうとする私の手を掴んで引き止めた。私を見下ろす瞳は明らかに誘っている、今すぐお前が欲しいと。

好きな男に求められて、抗えるはずがない——

私はジョエルの手を取って、導かれるまま彼の寝室へ足を踏み入れた。

近頃のジョエルとのセックスはひどく甘い。これまでの荒々しさが嘘のように、私に触れるジョエルの手はとても優しい。

「エマ……」

情事後の余韻を惜しむようなキスに、心まで蕩かされそうになる。

もっと触れていたい。

ジョエルの胸に顔を埋めてピッタリ体を合わせる。私を抱きしめてくれる温かい腕に目も眩むような幸せを感じる。

本当に前世の私達では考えられないことだわ。

知らないうちに笑っていたらしい。ジョエルが「どうした」、と顔を覗き込んできた。

「前世の私達では考えられない状況だと思って」

「ああ、そうだな。エマは俺を嫌って歯牙にも掛けなかったもんな」

何だか居たたまれずに目を伏せた。良くも悪くも前世の私は貴族らしい貴族だった。今はその狭量さを恥じている。

ジョエルは困ったように笑いながら口付けて私を抱きすくめた。その背に腕を回しながら、ふと前々から気になっていたことが頭を掠《かす》めた。

「ねえジョエル、あなたはいつから記憶があったの？」

「十三……エマとの顔合わせの日からだ」

「そんな前から……」

その頃の私には前世の記憶なんてあるはずもなく、当然のようにジョエルに酷い言動を取っていた。しっかり記憶にある幼稚さや底の浅さに羞恥が込み上げる。

「エマはいつから」

「私は――」

言いかけて一瞬躊躇《ちゅうちょ》した。破瓜《はか》の痛みが最初の記憶だなんて流石《さすが》に言い辛い。

「……初夜の、あの日よ」

「ああ、どうりで」

「どうりで？」

何のことかと首を傾げると、ジョエルは私の頭を撫でた。

「エマと初めて繋がった時、違和感を覚えたんだ。前世の記憶のエマとは違うってな」

あの時はまさかジョエルに記憶があるだなんて思ってもみなかったから、私も随分と大胆なことをしたものだ。

「ほんの出来心だったのよ……まさかジョエルにも記憶があるだなんて思わなかったし」

「俺だって同じだ。これまで何をしても変わらなかったのに、初夜のあの日からエマが突然別人のようになったんだ。その上俺を好きだのなんだのと甘い言葉を浴びせられて……嘘だと分かっていても……頭がおかしくなりそうだったな」

ジョエルは自嘲の笑みを浮かべた。彼を苦しめることしかできなかったことにどうしようもないやるせなさを感じてしまう。

「私、いつだって自分のことしか考えてなかった……ごめんなさい」

「俺もだ。自分の欲求を通すことしかできなかった。今まで随分手酷くしてしまったよな」

私は首を振る。癒されない痛みに苦しみながらも、それでもジョエルは私に手を差し伸べてくれた。

「セックスの激しさは否定しないけど……それでもまあ、私もしっかり感じてたし……」

「そうか」

「ジョエルに抱かれるのは、いつからか嬉しかったのよ」

私の頭を撫でていたジョエルの手が止まった。その目は信じられないものでも見るように見開かれている。

「その顔は何よ」

むっと眉根を寄せると、ジョエルはゆっくり瞬《またた》いた。

「あんなに手荒でも、か？」

「そうよ、嫌じゃなかった。でも、苦しかった……」

自然と瞳が潤《うる》んでしまう。ジョエルは躊躇《ためら》いがちに私の目尻を拭った。

「何故……」

「ずっとあなたに憎まれているだけだと思ってたから、心が痛かった……」

ジョエルは前世の憎しみに引きずられていた。でもその思いの底にはいつだって私を求めて止まない狂おしい感情があった。

「すまないエマ……」

「謝っても私の命は戻らないわよ」

ツンと顎をそらすと、ジョエルは目に見えて悄然と項垂《うなだ》れた。私は笑いながらその頭を抱きしめる。

「でもどうしてかしらね、あなたを恨む気持ちがちっとも湧かないの。不思議なんだけれど、今の生で前世の誤りが正された……そんな気さえしているわ」

「ああ……そう、か」

「え？」

「いや、そのために必要な十年だったんだって、今思えた」

「思い出してからの十年間……あなたは何をしていたの？」

ジョエルは乳房を甘噛みしながら吸い上げる。

「んっ……」

「騎士団の業務と並行して父からヴァルク公爵としての全ての実権や人脈を奪って、ウラニ子爵家とドグラ商会に手の者を送り込んだ。あとはマリカが騎士団に入る前から彼女の監視もしていたな。それで早い段階からマリカの信者がウラニ子爵に接触してることも知ったんだ」

「そう、だったの」

「エマを失わないためにはどうすればいいか……そればかり考えていた」

「ジョエル……」

言葉が見つからなかった。さらりと告げられた十年という月日、私を救うために捧げられた時間。怒りや憎しみだけで誰がそんなことをするというの？

「ありがとう……今があるのはあなたのお陰なのね」

額に口付けると、ジョエルは身を起こしてちゅっと首筋に吸い付いた。

「全部俺のためだ」

「それでも感謝してる。今私幸せだから」

「エマ……」

大きな掌が優しく頬を撫で、ちゅっと啄《ついば》むように口付けた。

「前世の俺はずっとエマに会いたかった。会いたくて堪らなかった……」

「うん……」

切実なジョエルの思いが胸に迫る。痛くて苦しくて涙が滲んだ。

「ずっと側にいる……もう、離れないから」

ジョエルは甘く微笑むと首筋に顔を埋めて再び吸い上げた。私の髪を撫で梳《す》きながら、もう片方の手は柔らかく乳房を包む。先を指の腹でまるく押しつぶされると下腹がきゅんと疼いた。

そんな私の反応を窺うかのような眼差しで気付く。ジョエルは私をその気にさせようとしている。欲しいって言わせたいのね、ズルい人。でもいいわ、あなたの十年に、ほんの少しでも報いてあげる――

私はジョエルの首筋に手を回して抱き寄せると、耳元で熱く囁いた。

「欲しいジョエル……抱いて」

途端に私の腿に当たる彼が固く張り詰める。分かりやすい反応に満足しながらパクリと耳朶を食《は》むと、ジョエルは乳首に吸い付き、膣口に指を這わせた。そこからは先程の情事の名残がトロトロと溢《あふ》れている。ジョエルはそれを纏《まと》わり付かせるように撫でてあげると、そのまま膨らんだ芽に擦り付けた。

「あっ……ん、ふぅ」

吐息に甘い媚が混じる。ヌルヌルと敏感なところを優しく撫で摩《さす》られ、体がふるふると震える。

「あっあああ……っ！」

堪らない快感に背筋がしなり、足指がシーツを掴む。息を乱しながら脳の甘い痺《しび》れに酔っていると、ジョエルは私を見下ろしながら満足そうに微笑した。

心に余裕が生まれたのか、近頃のジョエルの前戯はねちっこい。こうして私が善《よ》がるのを見て楽しんでいる節がある。なんだか柄にもなく羞恥を感じて顔を背けた。

「可愛い、エマ」

ジョエルは頬に口付けながら、割れ目に自身を擦り付けた。よく馴染んだ感触に、そこは物欲しげにヒクヒクと蠢《うごめ》く。ジョエルはヌルヌルと擦り付けるだけで中々入れようとはしない。

また私に言わせたいんだわ。こういう時のジョエルは意地悪でちょっと憎たらしい。快楽に負けて屈してしまう自分も悔しいのだけれど。

「ジョエル、お願い……あなたを頂戴」

瞳を潤《うる》ませながら上目遣いに見上げると、ジョエルは苦しげに眉根を寄せてゆっくりと挿入《はい》ってくる。膣壁をじっくり舐めるようにジョエルは腰を進める。早く奥に欲しくて身をよじると、ジョエルはまた笑った。

「今はエマをゆっくり味わいたい」

ズルい。そんな甘い顔で言われたら否なんて言えるはずがない。私は自分で自覚する以上にジョエルに参っているのかもしれない。

「バカ……」

拗ねたように睨むと、ジョエルがビクリと反応した。

「煽《あお》るな」

「煽《あお》ってなんか……あなたって……へんた……あっんん……!」

黙れと言わんばかりにジョエルが奥へ突き入れる。ピッタリと隙間なく重なるこの瞬間が好きだ。一つになる、正にそんな気分を味わえる。

ジョエルと一つに――

「エマ？」

自然と笑っていたらしい。ジョエルが不思議そうな顔をする。

「嬉しかったの」

「何がだ」

「今あなたと一つになってる」

ジョエルがこれ以上ない程張り詰めた。言葉より雄弁なジョエル自身も可愛い。ちゅっと音を立てて口付けると、ジョエルは私の背に腕を回してピッタリと体を重ねた。

「……エマが悪い」

何が、と問う隙もなく激しく体を揺さぶられた。弱い奥をガツガツと穿《うが》たれて、視界がチカチカと爆ぜる。

「ジョ、える……あっ……」

私は縋《すが》るようにジョエルの広い背にしがみついた。強く抱きしめられ、激しく突き上げられて、全身で求められていることが嬉しくて堪らない。

愛してる――

思わず唇から溢《あふ》れそうになった言葉を咄嗟《とっさ》に呑み込んだ。

もう無理よ、誤魔化し切れない……

はっきりとジョエルを愛していることを自覚した途端視界が真っ白に砕けた。とんでもない多幸感で目眩《めまい》がする。

「ジョエル……ジョエル……」

うわ言のように名を呼び続ける私に口付けて、ジョエルは最奥で爆ぜた。吐き出されるそれを更に奥へ押し込めるようにジョエルは腰を入れる。孕《はら》めと言わんばかりの挙動に、嬉しくてジワリと胸が熱くなった。

「幸せだわ、とても……」

「俺も幸せだ、エマ」

蕩けそうに甘く笑むジョエルに胸が痛いほど高鳴る。こんなジョエルを独り占めしたい……なんて思っている私は相当ジョエルに嵌《は》まり込んでいる。感じる一抹の不安に身震いしながら、私はこの時覚悟を決めた。ジョエルと共にこの深みにどこまでも落ちようと。

これが私の愛よ、ジョエル。もう離してあげないから、覚悟してね。

私はにっこり微笑み返して、甘えるようにジョエルの胸に頬を擦り付けた。

★

俺は今日何度目かのため息をつく。ふと気を抜けば、昨晩のことに意識が飛んでしまうからだ。

幸せだと俺に甘く微笑んだエマ。思い出しては浮つく心を叱咤する。今は仕事中だ、集中しろと。

そんな俺の葛藤を知ってか知らでか、突如ラガートが口を開いた。

「団長の奥さんってすげえ綺麗ですよね！　羨ましいなぁ」

思い出すようにうっとりと宙を見つめるラガートに、思わずピクッと片眉が吊り上がる。

「お前は……とっとと手を動かせ」

「もう少し話したかったのに、団長も小せえよなぁ」

「ラガート」

「はいいいい！　今日中に片付けます！」

ラガートはブルッと身を震わせると、書類の山をテキパキと仕分けていく。口の減らない奴だが仕事はできる。だからこその副団長位なのだが、全くこの軽口はどうにかならないものか。

「それにしても団長、最近変わりましたよね。雰囲気が柔らかくなったっつーか……なんか話しやすくなりました」

「……そうか」

「やっぱあの凄え美人な奥さんのお陰ですね！　ああ、政略結婚のくせに愛のある生活って羨ましい！」

俺の手が自然と止まる。

「愛？」

最近よく聞く言葉だ。だが俺には愛というものがよく分からない。

「仲良さそうだったし、愛し合ってるんでしょ？　やっぱ愛は人を変えるんですねぇ」

「……愛とは、どんなものなんだ？」

「え!?　それを自分に聞くんですか!?」

ぐっと言葉に詰まる。確かに部下に愛が何かを問うなどおかしな話だ。だがラガートは困ったように笑いつつも、言葉を探すように視線を巡らせた。

「団長……愛ってのは人の数だけ定義があるもんだと思うんですが、そうですね……自分にとっての愛は直感です」

「直感？」

「はい。この人が好きだ、愛おしい、何でもしてあげたい、自分の何もかもを捧げたい。直感的にそう思える相手に愛を感じます」

ラガートは俺を真っ直ぐに見つめる。そこに揺るぎない信念のようなものを感じて、俺は出会って以来初めてラガートに尊敬の念を抱いた。

「正解なんて誰にも答えられませんよ。だって形は人それぞれですから」

「人それぞれ……か」

「自分の目から見るに、団長は奥さんが大好きで愛おしくて堪らないって顔してましたよ」

咄嗟《とっさ》に口元に手を当てる。俺は一体どんな顔を？　ラガートはニヤリと嫌な笑いを浮かべた。

「ホント血の通った人間らしくなりましたよねえ」

うんうん頷くラガートを睨みつけると、ラガートはおどけたように両手を開いた。

「自分はね、正直貴族は嫌いですけど団長のことは認めてるんです。その職に就くまでどれだけの努力と苦労をされてきたか自分は知ってます。地位にあぐらをかくことのないストイックさも尊敬してます」

「ラガート、もうその辺で……」

褒められることに慣れていない俺にはこの空気は居たたまれない。

「団長、あなたその地位を奥さんのために捨てようとしましたよね」

ハッと目を見開くと、ラガートは柔らかく微笑した。

「それも一つの愛の形に自分には見えましたよ。普通そこまでできる男中々いません。自分だってできるかどうか……」

確かに何を引き替えにしてでも俺はエマの側に在ろうとした。地位が惜しいなどとは思わなかった。それは愛だというのか？　俺からエマへの？

「愛とか恋とか感覚的なことって、考えて導き出すもんじゃゃなくて、もっと心で感じるものなんじゃないですかね。まあ持論ですけど」

心で感じるもの、か。歪んだ思いに囚われて、俺は大事なものを見過ごしてきたのだろうか。

エマが憎い――

あの激しい憎悪の裏には、いつだってエマに会いたい、側に在りたいと切実に焦がれる狂おしい思いがあった。

純粋な憎しみだけならば、ここまで苦しむことはなかったはずだ。

汚泥に射す一筋の光のような、暖かく柔らかな感情。それが泣きたくなるほどに俺を苦しめた。

あれは、俺の愛、なのか？

茫然とする俺にラガートは苦笑する。

「まさかの自覚なしですか？　もう今日は仕事になんないですね。あとは自分がやっときますから、早く帰ってくださいよ。今奥さんの顔見たくて堪んないでしょ？」

その通りだ。俺は小さくため息をついて肯定を示す。

「最近ホント分かりやすくなりましたね、団長。恋愛には百戦錬磨みたいな顔してそれって……奥さんも堪んないだろうなあ」

「エマ……妻が何故堪らないんだ？」

「いやぁ、何かこう母性本能とかくすぐられてるんじゃないですかね。可愛いって言われません？」

言われてまたハッとする俺にラガートは満足げに笑う。何でこいつに何もかも見透かされてるんだ？

「ホント団長は分かりやすくなった。自分の気が変わらないうちにほら、帰った帰った」

言葉通り追い立てられるように俺は帰路についた。

馬車に揺られ、ボンヤリと景色を眺めながらエマのことを思う。エマに対する俺の気持ちを。

止めどなく膨れ上がり、俺を苦しめた言葉にならない感情。

俺はエマを――

「愛してる……」

言葉にした途端、ぶわりと胸が締め付けられるような狂おしい感覚が全身を満たした。

そう、だったのか。これが俺の――

早くエマに会いたい。俺は逸る気持ちを抑えるように目を閉じた。

「エマ！」

「まあジョエルお帰りなさ……え、ど、どうしたの⁉」

真っ直ぐにエマの部屋へ向かい、迎えてくれたエマを思い切り抱き締めた。湯上がりの甘い良い香りがする。

「分かったんだ……やっと分かった」

「なにが分かったの？」

エマの手が優しく俺の背を撫でる。そんな些細なことにも自覚した思いが溢《あふ》れそうだ。

「……愛してる……エマを愛してるんだ」

「え……？」

「俺は……愛なんて知らなかった。だがエマへのこの思いが愛なんだと、やっと分かった」

背を撫でていたエマの手が、グッと俺の服を握りしめた。

「ジョエル……」

声が震えている。泣いているのか？　今泣き顔は見たくなくて、俺は更に深く抱きしめた。どうか否定しないでくれ。この思いを拒まれたら俺は――

「……嬉しい」

「え？」

「私、凄く嬉しいみたい」

「本当か？」

「うん」

「エマ……愛してる……愛してるんだ」

「ジョエル……」

エマが身じろいだので腕の力を緩める。するとエマは少し体を離して顔を上げた。濡れた瞳がグリーンにも琥珀にも見えて凄く綺麗だ。

魅入られたように見惚れていると、エマは目を伏せ深くため息をついた。

「……もう認めるわ」

「認める？　何を？」

「私も……あなたを愛してる」

拒絶されるどころかエマも俺を？　本当に？

「もう、なんて顔してるの」

あまりの衝撃に呆然としていると、エマは笑いながら俺の頬を両手で挟んだ。

「俺は……エマに酷いことばかりしてきた……とても、信じられなくて」

「ねえジョエル、前世の私はあまりに愚かで刹那的に生きていたわ。幼くて視野の狭い馬鹿な女だった。あの結末は……自身で積み重ねた選択の結果なんだわ。もちろん命まで奪うなんてあなたはとんでもない奴だって思うわよ？」

返す言葉もなくて項垂《うなだ》れる。そんな俺の頭をエマは少し乱暴に撫でた。

「バカ、責めてるんじゃないの。今はあなたがどれだけ苦しんだかも分かっているし、そもそもそうさせてしまったのには私にも原因があるんだから……」

エマの憂いを帯びた眼差しに心がズキリと痛む。そんな顔をさせたい訳じゃないのに、今は自分の口下手が憎らしい。ラガートの半分でも饒舌であったなら、俺はもっと上手く立ち回れたんだろうに。

「私、あなたを幸せにしたい。責任でも贖罪でもなくて……愛してるから」

エマは俺の顔を見ると、困ったように笑った。そして伸び上がって俺の頭を抱きしめる。

「ジョエル、ごめんね。愛してる」

頬に押し当てられるエマの胸元はしっとりと濡れていて、初めてそれが自分の涙のせいだと気付いた。

胸が苦しい。思いを交わすとはこういうことなのか。やっと得られたエマの心、エマの全て。

「エマ、エマ……お前を失うのが恐ろしい……もう絶対に失えない、愛してるんだ……俺を赦さなくていい、どれだけ憎んでもいい……」

俺はエマに縋《すが》り付く。

「……愛して……くれ……」

支離滅裂で身勝手極まりないことを言っている自覚はある。俺はいつだって自分の要求を通してばかりだ。それでもエマは少し呆れたようにため息をつくと、俺の背をポンポンと撫でた。

「あなたが安心するまで何度だって言うわ。ジョエル、私はあなたを愛してる。大好きよ、愛しい人……」

全身が総毛立つような恍惚感。ああ、なんてことだ。こんな気持ちを味わったことは一度たりともなかった。愛は人を変える、とラガートは言っていたが……その通りだな。

エマの優しい温もりに、過去の醜《みにく》い妄執すら慰撫《いぶ》されていくようだった。

「エマ、ありがとう。今死んでも良いと思えるくらいに……幸せだ」

自然と頬が綻ぶ。エマも嬉しそうに微笑む。ああ、今の俺はなんて幸せなんだ。

「エマ、好きだ……愛してる」

綺麗な弧を描く唇に触れるだけの口付け。おかしいな、これまで散々しているのに妙に気恥ずかしい。

「まさか、照れてるの？」

図星を突かれて眉を顰《ひそ》めると、エマはニンマリと笑った。

「わざわざ指摘されるといやなものでしょう？　私の気持ち、分かった？」

「……ああ」

「ふふ、分かれば良いのよ」

エマからの優しい口付けで胸が痛いほど高鳴る。きっと今の俺は飢えた獣のような浅ましい表情をしているだろう。

考えるよりも先に体が動く。気付けば俺はエマをベッドに引き倒して、上から伸し掛かっていた。

俺を見上げるエマの瞳はキラキラと輝いて、その美しさに吸い込まれるように俺の思考は奪われていった。

「あっあっ……やっ……おか、しくな……っ」

エマの背に腕を回してピッタリと体を重ねながら、緩やかに膣内《なか》を穿《うが》つ。ゆっくりと深く、奥をねちねちと突くごとにエマは気持ちよさげに喘いだ。俺に感じて善《よ》がるエマを見るだけでイってしまいそうだ。全てが愛おし過ぎて堪らない。

「好きだエマ……」

耳元で吐息まじりに囁くと、エマはふるりと身を震わせた。

ずっとエマとこんなセックスがしたかった。身も心も溶け合うような深い深い交わり。

柔らかくたわむ乳房を掴んで、その感触を楽しみながら、淡く色づいた先をきゅっと指で摘《つ》まんで擦り合わせる。

「あっ……」

「気持ちいいのか？」

「ん、気持ちぃい……もっと、ジョエル……」

潤《うる》んだ瞳が甘えるように俺を見上げる。堪らない、可愛すぎだろう。エマの素直な言動にすっかり煽《あお》られて俺のモノはビクビクと膨れ上がる。

「あ、んん……」

遊んでいる乳首に吸い付くと、エマは身をよじって背をしならせた。ちゅうちゅうと音を立てて吸いながら舌先で舐め転がすと、エマは俺の頭を抱いて更に胸を押し付けてきた。

「ジョエル、好き……」

ああ、くそっ！　もっとエマを堪能したいのに、堪《こら》え性のない俺自身に腹が立つ。ずっと欲しかった心を与えられて、冷静でなんていられるか。

俺は身を起こすと激しく腰を突き入れた。大きくうねって絡《から》みついてくる襞《ひだ》に頭が痺《しび》れておかしくなりそうだ。動きに合わせてグチュグチュと響く卑猥な水音にすら煽《あお》られる。

「――っ！」

エマが腰を浮かせ、ビクビクと全身を震わせた。膣壁がきゅうきゅうと俺を締め付け、彼女が達したことを伝える。

この瞬間のエマの蕩けるような顔が堪らない。

甘く喘ぐ唇に誘われて口付けながら、欲を放つために激しく奥を穿《うが》った。

「くっ……！」

とんでもない多幸感に目が眩む。解放された雄はビュルビュルとエマの中を白濁で満たしていく。

「エ、マ……」

エマの上に倒れ込むと同時に、かけがえのない尊いもののようにその身を抱きしめた。こんなに愛おしいものは二つとない。

胸が痛い、苦しい。

愛してる、愛してる……

「ジョエル……気持ち良過ぎて、頭がおかしくなりそう」

俺の背に縋《すが》りながらエマが耳元で甘く囁く。

「俺もだ」

ちゅっちゅと音を立てて唇を啄《ついば》むと、エマが楽しげに笑った。何だかフワフワと幸せな夢の中を漂っているようだ。

エマが俺を愛する、こんな未来、誰が想像できた？　猜疑心の強い俺はやはり夢なのではないかと何度も確かめずにはいられないだろう。きっとまた激しくエマを攻め立てる。

こんな頭のおかしい男に捕まってエマも気の毒だな。エマに相応《ふさわ》しい男なんて他にいくらでもいるのに、俺がエマでなければ駄目なんだ。前世も今も欲しいのはエマだけなんだ――

コツンと額を合わされて我に返った。エマは呆れたようにため息をつく。

「また面倒臭いこと考えてるんでしょう？　もう私はジョエルのことを愛してしまったんだから、あなたは責任取って」

「責任？」

「そうよ、一生浮気せず私だけを見て私だけを愛し抜くの」

「それだけでいいのか？」

「え？」

「言われなくても俺はそういう風にしか生きられない」

エマはマジマジと俺を見る。気のせいか残念なものでも見るような目だ。

「あなた究極に病んでるし重たいわ」

「ああ、自覚はある」

「ねえ、もし私が先に死ぬことがあっても、絶対後を追わないで」

そんなことは無理だ。俺は沈黙でもって拒否を示す。エマはそんな俺の頬を両手で挟んだ。

「バカ！　もっと自分を大事にして！　お願いだから私を愛するように自分のことも愛してあげて」

エマは瞳を潤《うる》ませて俺を睨む。俺のために怒ってくれてるのか？　そんな泣きそうな顔で必死に、俺のために？

「エマ」

俺はエマを深く抱きしめた。無理だ、こんなに愛おしいものを失って生きてなどいけるものか。

「努力はするが約束はできない」

「バカ……容姿にも才能にも恵まれてるのに、あなた自己評価が低すぎるのよ……」

自分の容姿は正直嫌いだし、取り立てて秀でた才がある訳でもない。だから俺は地を這うように励むことしかできなかった。だが、周りからはそう見えているのか？

「そう、なのか。俺はあまり自分を客観的に顧みたことがなかったな」

「分かったわ。私が一生かけて教えてあげる。あなたの素敵なところ、全部」

俺の素敵なところ？　そんなもの本当にあるのか？

「そうね……そのためにはあなたのことをもっと良く知らなきゃいけないから、ずっと……側に居てね？」

エマが大きな瞳でじっと見つめて甘く微笑むと、俺は何でも言うことを聞きたくなる。分かってやっているのか？　ずるいな、エマは。

俺はその瞳に引き込まれるように口付けた。

「ん……ジョエル……」

すっかり硬さを取り戻したそこを無意識にエマの腿に擦り付ける。エマは痛いほど勃ち上がったそれの輪郭をなぞるように触れた。ヒヤリとした指先に体がビクリと反応してしまう。

「私が、欲しい？」

「欲しい……ずっと繋がってたい」

エマは少し困ったように笑うと「優しくしてね」と言いながらゆっくり俺のものを受け入れ、呑み込んでいった。


何度目かも分からない吐精の後、急激に体の力が抜けた。ドクドクと心臓の音が煩《うるさ》く、体が熱い。

何だ、これは？

「エマ、何か変だ」

「変？」

俺はエマの手を取って左胸に触れさせた。

「速い」

「ああ、変だろ？」

エマは俺の顔を下から覗き込んで首を傾げる。参ったな、いちいち可愛く見えて仕方がない。

ぼんやり見惚れていると、エマの冷たい指先が俺の額に触れた。

「これ、熱があるんじゃないかしら？」

「熱？　風邪なんて滅多に引かないんだけどな」

「風邪というより……知恵熱かしら？」

確かに、今日は慣れないことに頭を使い過ぎたかもしれない。

「今日はもう寝ましょう」

俺の胸を押すエマの手を咄嗟《とっさ》に握る。

「ここで……寝ても良いか？」

「もちろん」

ホッとしてエマを抱きしめると急激な睡魔が押し寄せる。エマの温もりを全身に感じながら俺の意識は闇に呑まれた。


柔らかな明かりを瞼に感じて意識が浮上した。

「おはよう、ジョエル。気分はどう？」

「エマ……」

既に身支度を整えたエマがベッドの端に腰掛けて俺を見下ろしていた。ヒヤリと冷たい指先が俺の額に触れる。

「まだ熱がありそうね。ラガートさんに遣いを出しておくから今日は寝ていて」

「今日は……」

頭がボウッとして考えが纏《まと》まらない。まあ何かあってもラガートが何とかするはずだ、問題ないだろう。

「分かった、ありがとう」

エマは優しく笑うと俺の頭を撫でた。

ああ、綺麗だな。

ボンヤリ見惚れていると再びウトウトと眠りに落ちた。


何度も夢と現《うつつ》の間を漂ってる内に、いつの間にか夜になっていた。

エマは一日俺に付き添ってくれていたようで、いつ目覚めてもエマの顔を見られるのが嬉しかった。

「エマ、愛してる」

俺の額のタオルを冷えたものに替えながら、エマは渋面をつくった。

「本当に心から思った時に言って頂戴。あなた昨日からずっと言ってるじゃない」

「ずっと思ってるから、ずっと伝えてる」

「……いいジョエル、『愛してる』はね、そんな挨拶みたいに気軽に言うものじゃないのよ」

「気軽じゃない、やっとその言葉に辿《たど》り着いたんだ。いつでも伝えたくて堪らない」

エマはぐっと言葉に詰まる。心なしか顔も赤らんで見えた。

「エマ大丈夫か？　顔が——」

「お願い言わないで！　分かってるから！」

額に手を当てて顔を背けながら、何やらブツブツ文句を言っている。ああ、照れているのか。可愛いな……体の自由がきくなら抱きしめたいのに。

「エマが嫌なら……自重する」

「い、嫌じゃないわ！　違うの、程度問題なのよ……あんまり頻繁に言われると特別感がなくなってしまうでしょ？　だからできれば……気持ちが昂ってどうしようもなくなった時とか、とっておきの時に言って欲しい」

とっておきの時、か。エマと共にいられる全ての時間が俺にとっては「とっておき」なんだけどな。

「分かった、善処する」

エマはご褒美のように優しく頭を撫でた。そこで俺はエマの目元の隈《くま》に気付く。

「エマ、少し寝ないか？」

シーツを捲《まく》ってエマを誘う。

「体は辛くない？」

「ああ、エマのお陰で大分楽になった」

「そう、なら少しだけ……」

微笑みながら当然のように俺の腕の中に滑り込んできた。エマの体温、香り、柔らかさ——全部愛おしい。俺のエマ。抱きしめて足も絡《から》めて、抱き枕のようにピッタリと寄り添う。

「もう、苦しいわ」

苦笑しながらエマは俺の背に手を回した。

エマに関しては我ながら呆れるほど貪欲で我儘《わがまま》になる。エマはいつだって最後には俺を受け入れ甘やかすから、歯止めがきかなくなりそうで恐ろしい。

俺はエマに決して許されないことをした。癒されない憎しみをぶつけ、尊厳を踏みにじり、蹂躙した。そんな俺を赦し受け入れて、愛してると言ってくれたエマ。前世とは別の意味で頭がおかしくなりそうだ。

夢じゃないのか？　こんな奇跡が起こりうるのか？

幸せ過ぎて頭が蕩けそうだ。この身が今こんな状態でなければ、きっと加減もできずに抱き潰していた。ホッとしたような残念なような複雑な気持ちだ。

やがて聞こえてくる規則正しいエマの寝息に気付いてそっと顔を覗き込む。

その無防備であどけない寝顔に、初めて出会ったあの日の面影を見出して、胸の奥が堪らなく疼いた。

あの日突如現れたお前は、瞬《またた》く間に俺の運命を定め狂わせた。

「エマ……お前は俺の全てだ」

囁きながら唇を重ねる。

絶望も憎しみも、怒りも悲しみも、全てお前から与えられたものだ。そしてやっと辿《たど》り着いた「愛」という感情。いつから、なんて俺にだって分からない。だが自覚してしまえば、その思いばかりが溢《あふ》れ出して止まらなかった。

「エマ、エマ……愛してる……」

業の深い俺の愛は決して清らかで美しいものじゃない。柔らかな光の中にも常に仄暗い影が差す。

それでも――

愛しいエマ。

俺は死のその先までもお前と共に在りたい――

痛いほど高鳴る鼓動と共に、俺は深く強くエマを抱きしめた。

エピローグ

ヴァルク家が誇る自慢の庭園にて。ジョエル様は出仕される前の僅かな時間、エマ様と時折ここを訪れ散策を楽しまれます。五歩程先を歩くご夫妻を見つめていると、隣のマーサさんが嬉しそうに私を見上げてきました。

「クルスさん、旦那様は本当に良く笑われるようになりましたよね」

「そうですね、本当に……」

花々を熱心に見て廻られるエマ様を、ジョエル様は飽きもせず幸せそうに見守っておられます。

それはそれは楽しげに微笑みながら。

そんなジョエル様のご様子を見るにつけ、喜びと共に言い様のない胸の痛みを感じるのです。

実を言えば、私にはもう一つの記憶があります。それはどこまでも陰鬱で救いのなかったもう一つの物語。

夢であったのか、どちらが現実であるのか……今でも時折分からなくなるのです。

その記憶の最後は娼館で起こりました。

一晩買い上げた人気のない館内に、突如招かれざる客が姿を現しました。

「ジョエルはどこ⁉」

ピンクブロンドの髪を振り乱した、諸悪の根源ともいうべき女――マリカ・クリフォードが鬼の形相で辺りを見回します。

「お引き取りください。ここは本日貸切ですので」

「案内しなさい！」

「致しかねます」

「ジョエルの命の危機だと言っても⁉」

私はその言葉にハッとしました。

今日ここへ至るまで、何やら思い詰めたご様子のジョエル様に思い当たる節があったからです。

この女が巫女《みこ》と呼ばれることは良く存じていました。だから暫《しば》しの逡巡《しゅんじゅん》の後、その言葉を信じることにしたのです。

部屋には鍵が掛けられていました。僅かに血の匂いを感じて焦りが募ります。マダムより預かっていた鍵束から鍵を探し当て、急いで扉を開きました。

「いやあああああ！」

耳障りな悲鳴と共に寝台に女が駆け寄ります。

赤赤赤。

寝台の周辺には血飛沫が飛び散り、その中心には折り重なり合って倒れているお二人がいらっしゃいました。

「なんて……ことを！」

何故こうなることが予測できなかったのでしょう。否、本当はどこかで分かっていた気がするのです。いつからかジョエル様が常に死に場所を求めていらっしゃったことを。

「マリカさん、満足ですか？　ここまで旦那様を追い詰めて！」

「ふざけるな！　私はジョエルを愛しているのよ！　どうしてあなたは私を受け入れてくれないのよ……！　いいえ……今度こそ必ず手に入れるわ……」

マリカは泣きながらジョエル様が手にしていた短刀を奪うと、大きく振りかぶって自らの心臓に突き立て引き抜いたのです。

「な、何を!?」

噴き出す血飛沫がお二人に降り注ぐのが見えました。するとどうした訳かお二人の輪郭が徐々にぼやけてゆくのです。

「お前……何をした！」

ベッドにうつ伏せに倒れ込んだマリカを仰向けにすると、焦点の合わない瞳が宙を彷徨《さまよ》い、それはそれは醜悪な笑みを刻んで事切れたのです。

跡形もなく消えゆくジョエル様とエマ様、そしてマリカ。

目の前の光景が信じられませんでした。咄嗟《とっさ》に血濡れた短刀を掴むと、ぬるりとした感触。

「うっ……！」

途端に抗いがたい大きなうねりが私を包み、体が千々に裂かれるような痛みを感じました。

この時一体何が起こったのか、いまだに分かりません。

ですが、気付けば時は過去に巻き戻っていたのです。私だけが過去に引き戻されたのか……そう打ちひしがれたこともありましたが、それは恐らく誤りです。私はある時、この生でのジョエル様の行動が全て、エマ様を救うためのものであると気付いたのです。そしてエマ様もまた、そんなジョエル様に以前とは違う思いを抱いているように見受けられました。

きっとお二人にも記憶が――そう確信してはいるものの、決して確かめようとは思いません。私自身誰に語るつもりもなく、この記憶は墓場まで持っていく心算《こころづもり》です。

あの陰惨な記憶があるからこそ余計に、今目の前にある光景がとても愛おしく尊いものに感じられます。

「何だかあてられてしまいますね」

ジョエル様が何事かをエマ様の耳元で囁いて、エマ様が真っ赤になって膨れていらっしゃいます。

「ええ、実に微笑ましい」

夢なら覚めないでほしいと願うほど幸せな光景です。泣きたくなるほどに幸せな——

「クルスさん？　どうかされました？」

いけない、感情が面に出てしまっていたようですね。マーサさんが不思議そうにこちらを見上げているのに気付き、ばつの悪い苦笑を浮かべます。

「いえ、なんでもありません。ようやくお二人の思いが通じたようで良かったと……感慨に耽《ふけ》っていたのですよ」

正に感慨ひとしお。以前も今も、ジョエル様がどれだけエマ様を思っていらしたか、私なりに存じているつもりです。

ジョエル様がエマ様に口付けようとした瞬間、私とマーサさんは空気を察してその場から離れました。

「旦那様がまさかこんなに甘々デレデレになられるなんて……以前からは考えられませんよね」

「ふ……そうかもしれませんね」

表に出せなかっただけで、ジョエル様は本来のご自身を取り戻しただけなのだと私は理解しています。そう、全てが本来あるべき姿を取り戻した、私はそんな思いに駆られるのです。

歪みを生む異物があのマリカただ一人だったのだとしたら——本当にあの女は一体何だったので

しょうね。

「ああ、残念ながらそろそろ刻限です」

「あら、もうそんな時間でしたか」

残念そうなマーサさんに目配せをして、私は出仕の刻限を告げるためジョエル様のもとへ向かいます。

そこにはまあ予想通り、ピッタリと身を寄せ合うお二人がいらっしゃいました。丁度死角になっているのでお二人から私は見えないようです。

「エマ、愛してる」

残念ながらエマ様からのお言葉は私の耳には届きませんでした。ですがジョエル様が浮かべられたこの上もなく幸せそうな笑みで、なんとなくそのお返事を察することができたのでした。

この作品に対する皆様のご意見・ご感想をお待ちしております。

おハガキ・お手紙は以下の宛先にお送りください。

【宛先】

〒150-6008 東京都渋谷区恵比寿4-20-3 恵比寿ガーデンプレイスタワー 8F
（株）アルファポリス　書籍感想係

メールフォームでのご意見・ご感想は右のＱＲコードから、
あるいは以下のワードで検索をかけてください。

アルファポリス　書籍の感想　検索

ご感想はこちらから

本書は、「アルファポリス」（https://www.alphapolis.co.jp/）に掲載されていたものを、
改稿、加筆のうえ、書籍化したものです。

あなたを狂《くる》わす甘《あま》い毒《どく》

天衣サキ（あまいさき）

2021年 4月 25日初版発行

編集－古屋日菜子・篠木歩
編集長－塙綾子
発行者－梶本雄介
発行所－株式会社アルファポリス
〒150-6008 東京都渋谷区恵比寿4-20-3 恵比寿ガーデンプレイスタワー8F
TEL 03-6277-1601（営業） 03-6277-1602（編集）
URL https://www.alphapolis.co.jp/
発売元－株式会社星雲社（共同出版社・流通責任出版社）
〒112-0005 東京都文京区水道1-3-30
TEL 03-3868-3275
装丁・本文イラスト－天路ゆうつづ
装丁デザイン－AFTERGLOW
（レーベルフォーマットデザイン―ansyyqdesign）
印刷－図書印刷株式会社

価格はカバーに表示されてあります。

落丁乱丁の場合はアルファポリスまでご連絡ください。

送料は小社負担でお取り替えします。


ISBN978-4-434-28773-2 C0093